国家珍贵古籍名录·三国志演义

中国珍贵典籍史话丛书

《三国志演义》史话

27

陈翔华 ◆ 著

国家图书馆出版社

图书在版编目（CIP）数据

《三国志演义》史话 / 陈翔华著 . —北京：国家图书馆出版社，
2019.6
（中国珍贵典籍史话丛书）
ISBN 978-7-5013-6736-8

Ⅰ . ①三…　Ⅱ . ①陈…　Ⅲ . ①《三国演义》研究
Ⅳ . ① I207.413

中国版本图书馆 CIP 数据核字 (2019) 第 086550 号

书　　名	《三国志演义》史话	
著　　者	陈翔华　著	
责任编辑	王燕来	
出版发行	国家图书馆出版社（北京市西城区文津街 7 号　　100034）	
	（原书目文献出版社　北京图书馆出版社）	
	010-66114536　63802249　nlcpress@nlc.cn（邮购）	
网　　址	http://www.nlcpress.com	
印　　装	北京金康利印刷有限公司	
版次印次	2019 年 6 月第 1 版　2019 年 6 月第 1 次印刷	
开　　本	710×1000（毫米）　1/16	
印　　张	12.75	
字　　数	110 千字	
印　　数	1—3000 册	
书　　号	ISBN 978-7-5013-6736-8	
定　　价	55.00 元	

《中国珍贵典籍史话丛书》顾问名单

新疆出土晋写本《三国志》（残卷）

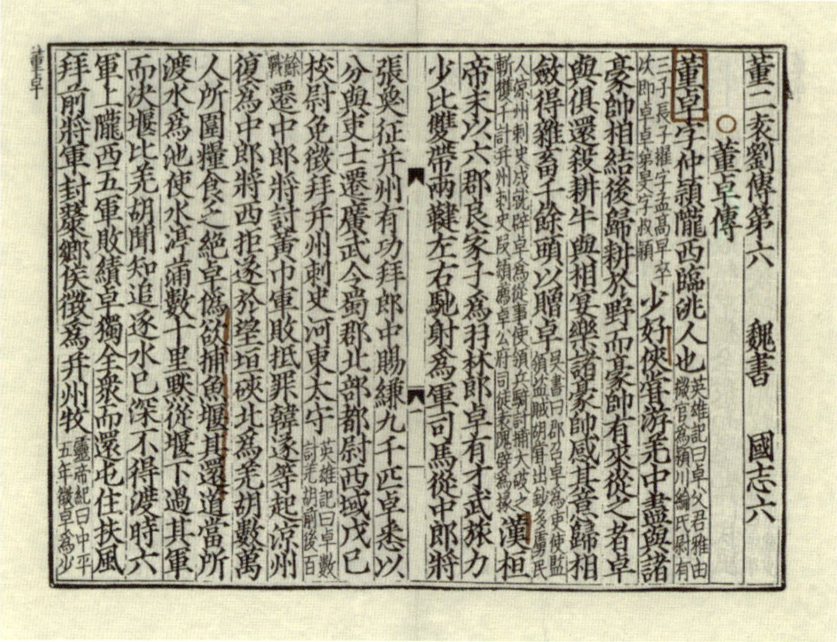

董二袁劉傳第六　魏書　國志六

○董卓傳

董卓字仲穎隴西臨洮人也英雄記曰卓父君雅由微官為潁川綸氏尉有三子長子擢字孟高早卒次即卓卓弟旻字叔穎少好俠嘗游羌中盡與諸豪帥相結後歸耕於野而豪帥有來從之者卓與俱還殺耕牛與相宴樂諸豪帥感其意歸相斂得雜畜千餘頭以贈卓吳書曰郡召卓為吏使監領盜賊胡嘗出鈔多虜民人涼州刺史成就辟卓為從事使領兵騎討捕大破之斬獲千計并州刺史段熲薦卓公府司徒袁隗辟為掾漢桓帝末以六郡良家子為羽林郎卓有才武旅力少比雙帶兩鞬左右馳射為軍司馬從中郎將張奐征并州有功拜郎中賜縑九千匹卓悉以分與吏士遷廣武令蜀郡北部都尉西域戊己校尉免徵拜并州刺史河東太守英雄記曰卓數討羌胡前後百餘戰遷中郎將討黃巾軍敗抵罪韓遂等起涼州復為中郎將西拒遂於望垣硤北為羌胡數萬人所圍糧食乏絕卓偽欲捕魚堰其還道當所渡水為池使水渟滿數十里默從堰下過其軍而決堰比羌胡聞知追逐水已深不得渡時六軍上隴西五軍敗績卓獨全眾而還屯住扶風拜前將軍封斄鄉侯徵為并州牧靈帝紀曰中平五年徵卓為少

董卓

宋刻本《三国志》

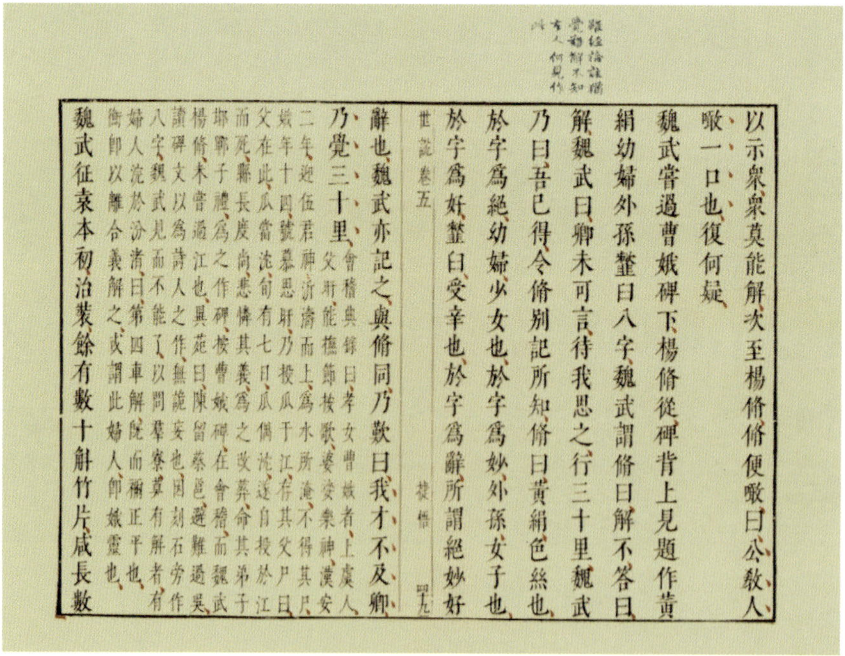

難經論註獨覺勘解不知古人何見作此

以示衆衆莫能解次至楊脩脩便啖曰公教人啖一口也復何疑

魏武嘗過曹娥碑下楊脩從碑背上見題作黃絹幼婦外孫齏臼八字魏武謂脩曰解不答曰解魏武曰卿未可言待我思之行三十里魏武乃曰吾已得令脩別記所知脩曰黃絹色絲也於字為絕幼婦少女也於字為妙外孫女子也於字為好齏臼受辛也於字為辭所謂絕妙好辭也魏武亦記之與脩同乃歎曰我才不及卿乃覺三十里會稽典錄曰孝女曹娥者上虞人父盱能撫節按歌婆娑樂神漢安二年迎伍君神泝濤而上為水所淹不得其屍娥年十四號慕思盱乃投瓜于江存其父屍曰父在此瓜當沈旬有七日瓜偶沈遂自投於江而死縣長度尚悲憐其義為之改葬命其弟子邯鄲子禮為之作碑按曹娥碑在會稽而魏武楊脩未嘗過江也異苑曰陳留蔡邕避難過吳讀碑文以為詩人之作無詭妄也因刻石旁作八字魏武見而不能了以問群寮莫有解者有婦人浣於汾渚曰第四車解既而禰正平也衡即以離合義解之或謂此婦人即娥靈也

魏武征袁本初治裝餘有數十斛竹片咸長數

世說卷五　捷悟　四九

明凌瀛初刻四色套印本《世说新语》卷中《捷悟》篇

古杭新刊的本關大王單刀會

驾一行上开住　外末上奏住云　驾云　外末云住

正末扮乔国老上　住　外末云　寻思云　今日三分已

文恋列干戈又交生灵受苦恐众宰辅每也合谏天子咱

过去见礼数了　驾云　咱下万岁〜揽微臣愚见那

荆州不可取　驾又云　不可去〜

【點絳唇】

阻本文汉国日僚次孤他诶君欵弱　吴心闹当日五

处镫刀併了董卓誅了衣绍

一国作三劫不付比河清海晏而顺尾调兵器收为农器用征

旗不动酒坞摇军罢战马添漂杂气散阵云术役将校作日僚

脱金甲石罷袍帐前旗捲虎皆年殷间剑插龙归鲕转治的民

【混江龍】

存的孙刘曹操平分

咱合与它这后上九州想　驾末云住

安国泰却又早将老兵乔　驾云　吴生吹那弟兄每当住

当日曹操本未重□

关汉卿杂剧《古杭新刊的本关大王单刀会》（元刊本《古今杂剧三十种》）

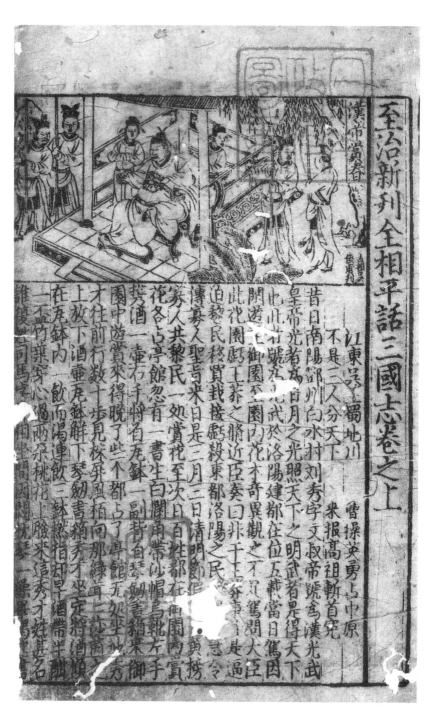

日本内阁文库藏元刊本《至治新刊全相平话三国志》

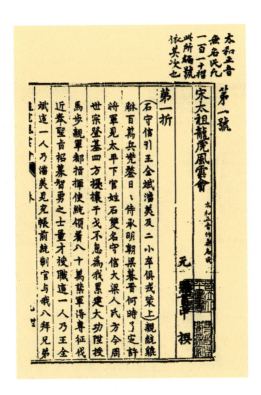

罗贯中杂剧《宋太祖龙虎风云会》

甘肃省图书馆藏明刊本《三国志通俗演义》

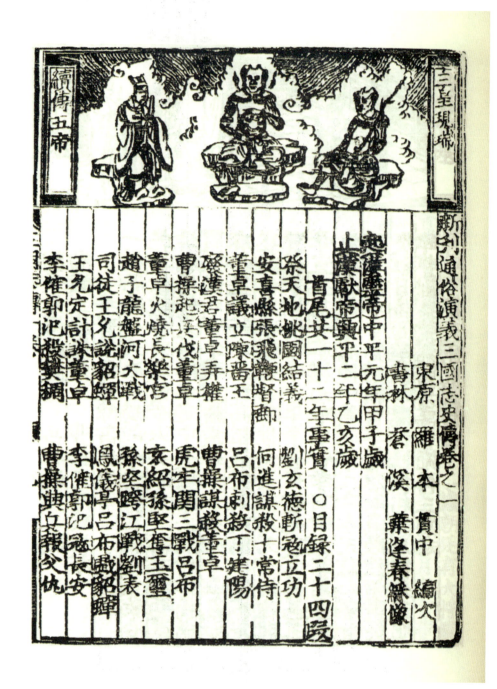

西班牙藏明嘉靖间刊本《新刊通俗演义三国志史传》

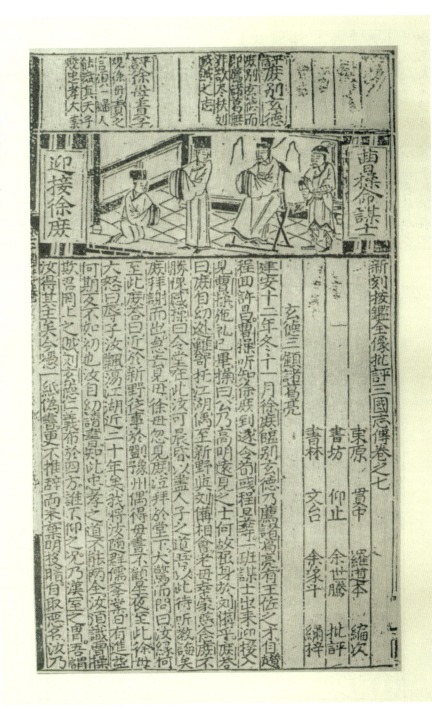

英国剑桥大学藏明万历间余象斗刊本《新刻按鉴全像批评三国志传》

明万历间周曰校刊本《全像三国志通俗演义》　　明万历十九年金陵万卷楼周曰校刻本《全像三国志传演义》

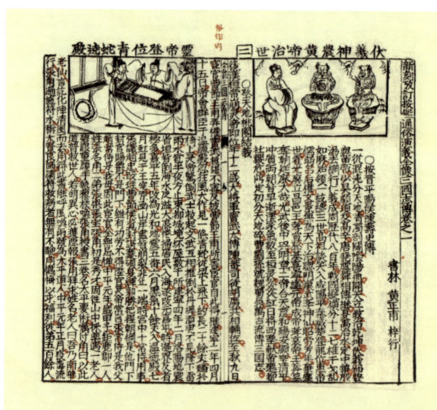

明天启间黄正甫刊本《新刻考订按鉴通俗演义全像三国志传》

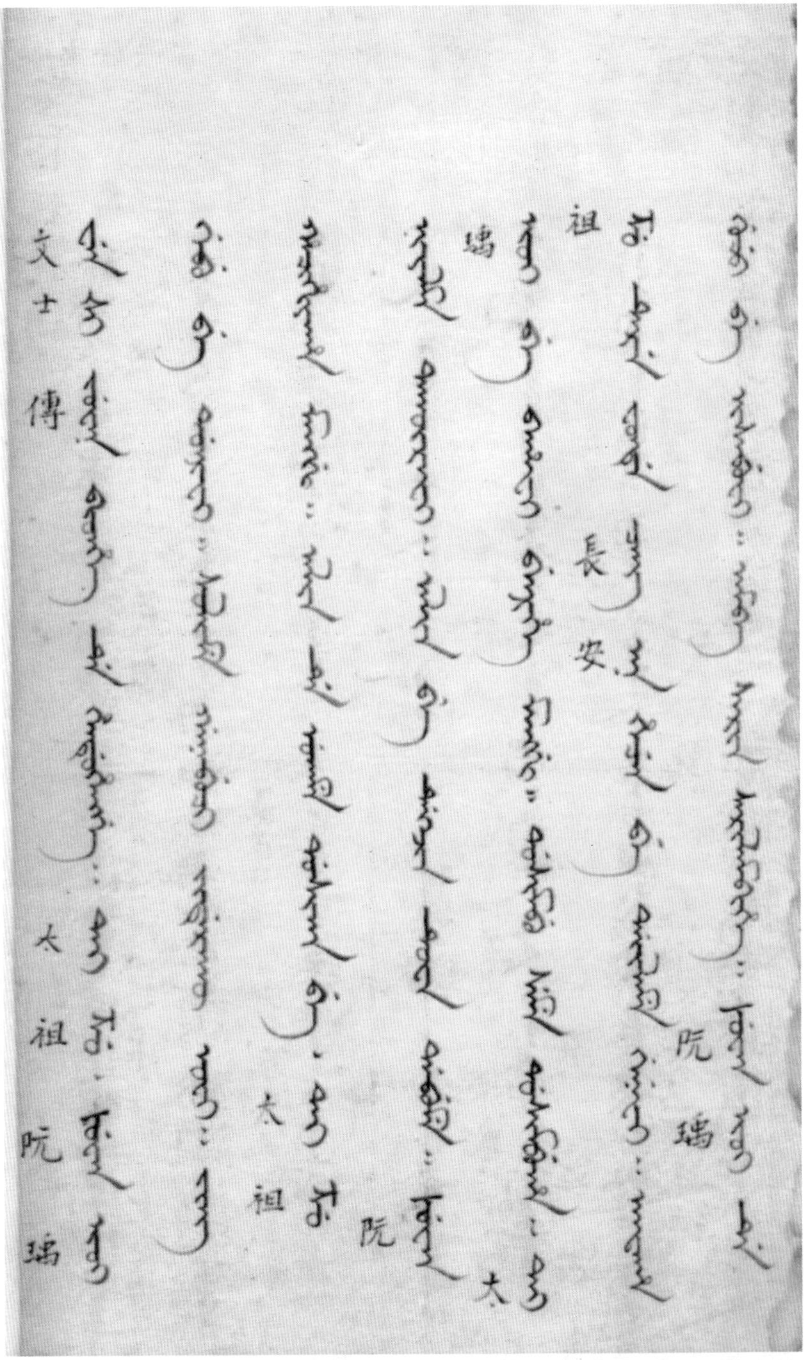

祖

瑞

長安

阮
瑞

太
祖

阮

太
祖

文士傳　　　　太祖阮瑞

清初满文译本《三国志》

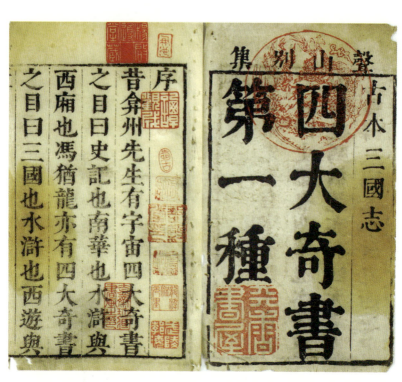

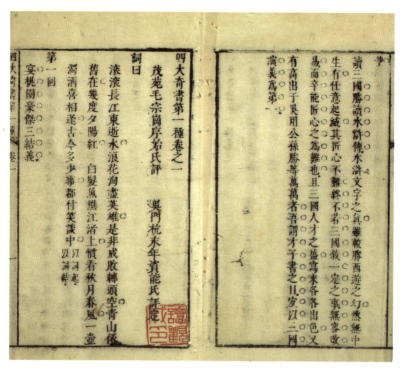

清康熙间醉耕堂刊本《四大奇书第一种》

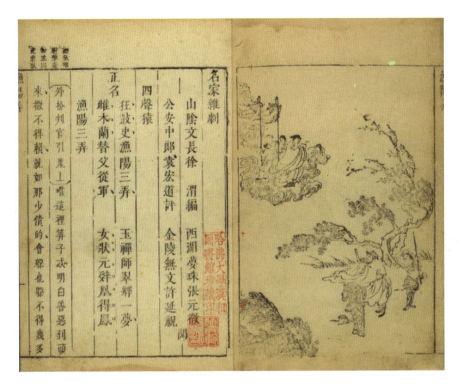

明徐渭杂剧《渔阳三弄》

清宫大戏《鼎峙春秋》抄本

清绘"同光十三绝"

京剧三国戏脸谱

《中国珍贵典籍史话丛书》序

　　书籍是记载人类文明发展历程的重要载体，是传播知识和保存文化的重要途径，它蕴藏着丰富的历史文化内涵，是人们汲取精神营养和历史经验的重要来源，在民族兴衰和文化精神的传承维系中，发挥着不可替代的作用。

　　《尚书·多士》云："惟殷先人，有册有典。"在中华民族数千年的岁月里，人们创造出浩如烟海的典籍文献。这些典籍是中华文明的结晶，是民族生存的基石和前进的阶梯。作为人类发展史上最有价值的文化遗产之一，中国古代典籍是构成世界上唯一绵延数千年未曾中断的独特文化体系的主要成分。

　　然而，在漫长又剧烈变动的历史中，经过无数次的兵燹水火、虫啮鼠咬、焚籍毁版、千里播迁，留存于世间的典籍已百不遗一。幸运的是，我们这个民族具有一种卓尔不群的品质：即对于文化以及承载它的典籍的铭心之爱。在战乱颠沛的路途上，异族入侵的烽火里，政治高压的禁令下，史无前例的浩劫中……无数的有识之士，竭尽他们的财力、智慧乃至生命，使我们民族的珍贵典籍得以代代相传，传承至今。这些凝聚着前人心血的民族瑰宝，大都具有深远的学术影响、独特的艺术魅力和突出的文物价值，是今天人们了解和学习我国优秀传统文化的宝贵实物资料。它们记载着中华民族的辉煌历史和灿烂文化，诉说着中华民族的百折不挠、临危不惧的民族精神，是先辈留给我们的宝贵精神财富。

新中国成立以来，党和国家高度重视典籍文献的保护工作。2007年启动实施的"中华古籍保护计划"，由国家古籍保护中心（国家图书馆）负责实施，成效显著，在社会上产生了极大的反响。迄今为止，已由国务院陆续公布了四批《国家珍贵古籍名录》，收录了全国各类型藏书机构和个人收藏的珍贵古籍11375部，并拨付专项资金加以保护。可以说，这是一项前所未有的伟大事业。

尽管我国存世的各种典籍堪称汗牛充栋，但为典籍写史的著作却少之又少，许多典籍所蕴含的历史故事鲜为人知。如果不能及时加以记录、整理，随着时代的变迁，它们难免将逐渐湮没在历史长河中，成为中华文明传承中的一大憾事。为此，2012年年底，国家图书馆启动了"中国珍贵典籍史话丛书"项目，旨在"为书立史""为书修史""为书存史"。项目由"中华古籍保护计划"支持立项，采取"史话"的形式，选择《国家珍贵古籍名录》中收录的蕴含着丰富历史故事的珍贵典籍，用通俗的语言讲述其在编纂、抄刻、流传、收藏过程中产生的引人入胜、启迪后人的故事，揭示其与当时的政治、经济、文化和社会发展的密切关系，力图反映中国书籍历史的辉煌与灾厄、欢欣与痛楚。通过生动、多样、丰满的典籍历史画面，使人们更深入地了解和认识典籍，领略典籍的人文精神和艺术魅力，感受中华文化的深厚底蕴。

中华优秀传统文化是我们最深厚的文化软实力。"中国珍贵典籍史话丛书"是以人们喜闻乐见的方式弘扬中华民族博大精深的灿烂文化，使书写在古籍里的文字活起来的一次有益尝试。丛书力求为社会公众提供普及读物，为广大文史爱好者和从业人员提供学习资料，为专家学者提供研究参考。其编纂主要遵循两个原则：一是遵循客观，切近史实。本丛书是关于典籍的信史、正史，而非戏说、演义。因此，每一种史话都是作者钩沉索隐、多方考证的结果，力求言之有据，资料准确，史实确凿，观点审慎；二是通俗生动，图文并茂。本丛书旨在让更多的人了解和热爱中华典籍，通过典籍深入理解中华文化。相对于一般学术著作，它更强调通俗性和生动性，以史话的方式再现典籍历史，雅俗共赏，少长咸宜。

我们真切地希望，通过这套丛书，生动再现典籍的历史，使珍贵典籍从深闺中走出来，进入公众的视野，走进每位爱书人心中，教育和启迪世人，推动"关爱书籍，热爱阅读"的社会风气的形成，让承载着中华文明的典籍在每个人心中长留悠远的书香，为提升全民族文化素养、推动传统文化与时代精神的融合发展做出积极贡献。

"中国珍贵典籍史话丛书"项目自启动以来，得到了社会各界的广泛关注和专家学者的大力支持。一批有较高学术造诣的专家学者直接参与了丛书的策划和撰稿工作，并对丛书的编纂工作积极建言献策，给予指导。借此机会，深表感谢。以史话的形式为书写史，尚属尝试，难免有疏漏、不妥之处，敬请专家学者批评指正，也欢迎广大读者提出宝贵意见和建议。

韩永进

2014 年春于北京

目　　录

引 言

　　《三国志演义》是一部屹立于世界文学之林的中国古代小说巨构。这部小说叙述后汉末年至司马氏统一全国近百年间的政治矛盾与军事冲突，展现魏、蜀、吴三家集团之波澜壮阔的争夺场景。故事内容丰富、情节错综复杂，所写的人物性格栩栩如生，作品显示出强大的艺术魅力。它不仅一直深得中国广大民众的喜爱，而且早早就传播于域外，也受到许多国家的欢迎并获得很高的评价。

　　这部小说的故事流传久远，历代诸多人等都曾经不断地对之进行加工与再创作。宋元时期的民间伎艺人在书场里声情并茂的讲唱和舞台上的精彩表演，更使之发出熠熠夺目的光辉。到元末明初，作家罗贯中独具匠心，擘划经营，在这些极其繁芜的艺术材料基础上，参订史实、采撷传说而编撰成书。清代初年，毛宗岗又进行了修改和批评，成为通行至今的读本。

　　众所周知，罗贯中小说是由宋元讲史平话发展而来的。所谓讲史即"讲史书"之略称，是当时民间"讲说前代书史文传"的一种专门伎艺。它的简略纪要或提示性的文字底本，通称为"平话"（或作"评话"）。讲史的故事题材取自史书，临场所说的科目也往往直接冠以历史典籍的原名，尽管它与史实很有出入，"大抵真假相半"（宋耐得翁《都城纪胜》、宋吴自牧《梦粱录》）。如今留存的刊本，有《五代史平话》《平话三国志》

等，至罗贯中则进一步依傍于史书。明人认为罗氏"以平阳陈寿传"（按"平阳"下落"侯相"二字，"陈寿传"即指陈撰《三国志》），对前代晋传评话乃改其"言辞鄙谬"，"去晋传诙谐之气"（参见明弘治间蒋大器《三国志通俗演义序》、明嘉靖间高儒《百川书志》），而其书首还署"晋平阳侯陈寿史传"（或"按平阳侯陈寿史传"），至于小说之书题亦因袭前代《三国志平话》的成例，仍以陈寿史籍为其名。今见明代早期刊本所题（除繁复的附加语词外）乃有"三国志通俗演义""三国志史传""三国志传""通俗三国志"种种，甚至还径题"三国志"。虽然罗贯中小说原著的初题究竟叫什么，因缺记载而无从准确地获悉其具体的文字，但由早期刊本的题署得知，其所"演义"、所"传"的则是《三国志》。故此罗氏的书题中"三国"之后必有一个"志"字，乃是无可或疑的。不少近人称是书作"三国演义"（即"三国"后无"志"字），其实并非罗贯中本来的命意。为免诸明刊本题名的繁复，我以为明隆庆、万历间周弘祖《古今书刻》著录作"三国志演义"，文字既简明扼要又合罗氏的命意，姑且取之为罗贯中小说的通称，无疑是恰当的。这个问题近于琐碎，但是关乎正名乃至小说发展史上的规律，所以这里只得饶舌一番。

《三国志演义》以历史为题材，表现出强烈的历史真实感，但是罗贯中所写的毕竟是通过自己的美学理想构筑出来的艺术作品，并不等同于历史教科书。三国故事在长期形成和发展过程中，如同小说史上其他历史题材的作品一样，其各阶段所产生的故事与人物形象尽管基本接近，但还是存在着种种的差别。如《三国志演义》中诸葛亮性格与《三国志平话》、元明杂剧孔明戏以及《花关索传》的种种不同。这些差别乃由于四重"因子"在各自历史时间内相互不断的交合，故而其结果才促使该故事在发展过程中也呈现出特别的阶段性。这四因子，即是：

（一）历史故事初始的真实本事；

（二）历史上可资汲取的其他有关故事；

（三）前代传说与创作的艺术沉积；

（四）创作者（包括口头传说者、民间伎艺人与作家）所处时代的要求，以及其本人的生活经验、思想与文化艺术素养。

这些相互交合的四重因子中，当然以第（一）（四）两项尤为重要。中国古代历史题材小说作品的形成过程如此，《三国志演义》更是如此。

这应该是一个纵观《三国志演义》故事和人物演变与发展史的切入点，是很值得我们关注的问题。

回顾三国故事的发生、演变、发展的这一千多年历程，从三国史事发其端，历经野史传说，到讲史、杂剧的再创作，最后由作家加以重新编撰，终于形成具有很高历史价值和艺术价值的小说巨著。罗贯中《三国志演义》问世后，这部小说的文本又不断地被传抄、编刊、评点、翻译，乃至出现多种续书再创作，频繁地据以改编为戏曲和说唱文学作品一直活跃在舞台及书场上，以至还出现于当代的影视屏幕。本书粗略地勾画三国故事演变发展的全过程，以了解和认识我们这部珍贵的民族遗产，并从中窥探中国古代小说史发展的规律，正确评价《三国志演义》，汲取其成功的艺术经验，为今天历史题材艺术创作提供借鉴。

其中不当之处，敬祈教正为祷。

第一章　从历史到小说故事的雏形

发轫于历史，经过民间的口头野史传说和伎艺人的演唱，直至于小说故事雏形的出现，《三国志演义》成书前的故事孕育时间长达一千多年。

第一节　史事之回溯

小说《三国志演义》基本故事的历史渊源，应该追溯到后汉末年至三国时期。是时，社会大动乱、大分裂，各种势力重新进行大组合，同时又是一个人才辈出、群星涌现的年代。

根据由蜀入晋的史学家陈寿《三国志》、南朝宋范晔《后汉书》、唐房玄龄等《晋书》、宋司马光《资治通鉴》诸史籍的记载，并参考晋常璩《华阳国志》、南朝宋裴松之《三国志注》、近人卢弼《三国志集解》等书，可以大体上将其整个历史发展过程梳理成三个基本阶段。

第一，从纷争之始到北方的初步统一。

三国之乱，源自后汉末年。当时政治极为腐败，汉帝公开直接卖官鬻爵，灵帝光和元年（178）"初开西邸卖官，自关内侯、虎贲、羽林，入钱各有差。私令左右卖公卿，公千万，卿五百万"（《后汉书》卷八《孝灵帝纪》）；

"时卖官：二千石二千万，四百石四百万，其以德次应选者半之，或三分之一，于西园立库以贮之"（见同上书注引《山阳公载记》）。朝政日益倾颓，社会矛盾加剧，引发黄巾起事。接着，宦官杀外戚何进，袁绍大诛宦官，董卓进洛阳擅废少帝、立陈留王刘协（即为汉献帝），于是时局大乱。汉献帝初平元年（190），关东州郡起兵讨伐董卓，是为三国纷争之始。如诸葛亮后来所说："自董卓已来，豪杰并起，跨州连郡者不可胜数"（《三国志》卷三五《诸葛亮传》）。然而，地方武装割据势力又初步形成两个基本阵容：冀州袁绍、兖州曹操、荆州刘表等站到一条线上，幽州的实权人物公孙瓒、寄居荆州境内的袁术（后移驻淮南）、豫州孙坚、徐州陶谦等（后来还包括青州田楷和平原刘备）站到另一条线。这两个阵容内的各股势力间强弱不等，既有相对的联结，又有激烈的争夺。

在北方，曹操相继兼并了豫州、扬州（淮南）、徐州。其间又通过官渡之战基本上消灭了曾为盟友的袁绍势力，历时九年夺得冀州、青州、并州、幽州，其影响还及至辽东。

第二，全国走向鼎峙的局面。

官渡之战统一了北方，而后在长江边上所进行的赤壁之战则对全国局势的进一步发展起了极为重要的作用：曹操如果取胜可能会一统全国，失败便趋于鼎足分立。正如吕思勉先生说这一战"实在是当时分裂和统一的关键"（开明书店1944年初版《三国史话》十一）。

先前，孙策在中原多事之际，渡江而入据江东。孙策遇刺后，弟孙权领其众，占有会稽、吴郡、丹杨、豫章、庐陵之地。宾客鲁肃在答孙权问时，便已展示"鼎足江东"的战略计划，说"汉室不可复兴，曹操不可卒除。为将军计，惟有鼎足江东，以观天下之衅"，今应趁北方多务，可"竟长江所极，据而有之"（《三国志》卷五四《鲁肃传》）。刘备后来兵败汝南，走奔荆州而屯新野，往访"卧龙"诸葛亮。诸葛亮也认为曹操"不可与争锋"，孙权"可以为援而不可图"，于是为其谋划了战略蓝图：跨有荆益，联吴拒曹而后伺机北伐。

献帝建安十三年（208），曹操南下荆州，刘表卒，其少子刘琮举州降。时依荆州的刘备弃妻子，与诸葛亮、张飞等走当阳，值吴使鲁肃来会，乃遣诸葛亮随之入吴说服孙权联合抗曹。在长江岸边，曹操与孙权、刘备联军进行会战。双方的兵力，大体上是五比一。曹军主力约有北方兵十五六万、荆州兵七八万，合计共二十多万；孙权兵三万、刘备二万（包括刘琦江夏兵一万），共五万人。可见曹军在兵力上占有绝对优势，但是曹军的北方兵已久疲，荆州兵新降又尚怀狐疑；况且关西还存在韩遂、马超的威胁，曹军势必不能持久停留，这在天时、地利上不占优势，犯有兵家之忌。吴将黄盖进火攻计，在赤壁大败曹军。曹操引兵北还时，所留曹仁守江陵，又为周瑜击走。于是，长江流域遂无北兵踪影。赤壁之役是影响三国时期历史进程的一大关键，为此后形成魏、蜀、吴三国鼎立的局面奠定了重要的基础。

第三，从三国分立到一统于晋。

赤壁之战后，各方继续开疆拓土。曹操仍在北方挟天子令诸侯，西征马超，又降张鲁；刘备先引兵徇南四郡，继而入川，遂有荆益二州之地；孙权已承父兄基业擅割江东，又派遣交州刺史领武吏南行，宾服岭南，包卷百越。

到后汉建安二十五年（220），魏王曹操卒，其子曹丕代汉称帝，立国号魏，改元黄初。是为历史上的三国鼎立时期正式揭开了大幕。次年

（221），汉中王刘备称尊号于成都，改元章武。魏太和三年蜀建兴七年（229），吴王孙权在武昌即帝位（不久迁都建业），改元黄龙。至此，三国鼎峙局面正式成立。

各国间，兼并争战依然频仍。在魏代汉的前一年，关羽攻曹仁于樊城（今湖北襄阳），降于禁，斩庞德，威震华夏。但孙权遣吕蒙袭南郡（今湖北荆州），吞汉阳（今湖北武汉），关羽父子败走途中为吴将擒杀。刘备称帝后，自将诸军伐吴，大将张飞却在出兵之际为左右所害，而刘备在夷陵之战中又被吴将陆逊打得大败，退走白帝城不久病卒。蜀相诸葛亮先闭关息民，待南中粗定，便治戎讲武，大举北伐。其伐魏战争七年间，蜀军对魏共有七次军事行动，五次主动出击，其中只有两次出于祁山而并非俗说之"六出祁山"（见陈翔华《诸葛亮形象史研究》）。蜀建兴十二年（234），亮卒于五丈原前线。其间，魏吴两国亦多有战事。

到魏咸熙二年（265），晋嗣王司马炎迫魏帝曹奂禅位，易魏为晋，改元泰始，是为晋武帝。此前，魏景元四年蜀汉炎兴元年（263），魏将分道攻蜀，蜀亡。晋咸宁六年吴天纪四年（280），晋将六路攻吴，下建业，吴亡。至此，天下一统，魏蜀吴三国俱归于晋。

三国时期分分合合的史实，为后来的历史小说《三国志演义》故事提供了基础。不仅民间野史传说者据以生发，瓦舍勾栏诸多的书会才人、讲史家、杂剧家以及伎艺人都凭借其中的因由加以捏合造作，直至伟大作家进行重新编撰、批评家加以评点也无不参而考之。因此，探求《三国志演义》故事不能不先了解三国时期（包括后汉末年）的基本史实。

第二节 野史传说与故事的滥觞

由三国史实向艺术性故事的最初演化，是魏晋南北朝时期的野史传说。其传说多混杂于史书之林，主要是某些人与事的片段琐闻，而且往往是经过虚诞化了的带有些奇诡性、怪异性的故事。

第一，传说多"乖杂"且有很大歧异性。

三国人物故事的传说，在这个时期的流传十分广泛而庞杂。裴松之《上三国志注表》指出，其所搜集到的当时"异闻"已深感"每多舛互"；有的是"纰缪显然，言不附理"，有的"或同说一事而辞有乖杂，或出事本异"，其中也有的史实或与虚构已分不清了。裴松之所说的"舛互""纰缪""乖杂"的"异闻"，乃是些野史传说。除了《三国志注》引录诸书保存了这个时期大量的传说外，我们还可以从其他的典籍中找到些许。今对所见"乖杂""异闻"的歧异情况，试加举例说之。

有些故事内容大致相同的传说，往往存在几种不同的具体说法。例如对蔡邕所题《曹娥碑》辞的解读者，就有祢衡或杨修两种说法。南朝宋刘敬叔《异苑》卷十记蔡邕曾在《曹娥碑》刻石旁作"黄绢幼妇，外孙齑臼"八字，"魏武见而不能了，以问群僚，莫有解者。有妇人浣于江渚曰：'第四车解'，既而祢正平也。衡即以离合义解之"。意思是说坐"第四车"的祢衡能解读，祢衡乃"以离合义解之"（即"黄绢幼妇"，其"黄绢"离则意寓"色丝"二字，而"色丝"合为"绝"字；"幼妇"乃"少女"，"少女"合而寓"妙"字。余者类同，此即意谓蔡邕题辞赞碑文为"绝妙好辞"）。南朝梁殷芸《小说》卷四也有近似文字的记叙（见《余嘉锡论学杂著·殷芸小说辑证》）。但是，南朝宋刘义庆《世说新语》卷中《捷悟》篇则叙"魏武尝过曹娥碑下"，见碑背题作"黄绢幼妇，外孙齑臼"八字，乃问随从杨修"解不？"杨修先记下其所解之义"绝妙好辞"，而后"魏武亦记之，与修同"。这里姑且勿论其间细节文字的异同，《异苑》和殷芸《小说》俱以祢衡为蔡邕题辞的解读人，而《世说新语》则以杨修先于曹操解读。《世说新语》这则传说后来被改编入小说《三国志演义》之中。（按《曹娥碑》在会稽中，曹操并未至江南，《演义》便改写作曹操出潼关过蓝田蔡琰庄乃见碑文图轴云云。）

再如曹操出洛阳而"间行东归"过故人成皋吕伯奢庄杀人事，有郭颁、孙盛和王沈的三种传闻，而至于杀人的因由也有两种不同的说法。第一种说法是晋郭颁《世语》载曹操因吕家之"备宾主礼"乃"疑其图己"而杀之，晋孙盛《杂记》也因"闻其食器声，以为图己，遂夜杀之"。此两书所载，曹操俱因猜疑吕氏家人欲加害于己而出手杀人。另一种说法则见晋王沈《魏书》，载曹操为抵御吕家劫掠财物而自卫杀人："（吕伯奢）其子与宾客共劫太祖（曹操），取马及物，太祖手刃击杀数人。"（俱见《三国志注》卷一引）但是，这些杀吕氏家人的传闻不见于史籍《三国志》《资治通鉴》等正文，实情如何？已难得其详了①！

有些"异闻"的说法虽然相同，但是俱已与史实"舛互"。例如刘备

---

①　此外，梁祚《魏国统》载："初，太祖过故人吕伯奢也，遂行。日暮，道逢二人，容貌威武。太祖避之路。二人笑曰：'观君有奔惧之色，何也？'太祖始觉其异，乃悉告之。临别，太祖解佩刀与之曰：'以此表吾丹心，愿二贤慎勿言。'"（见国家图书馆藏赵一清稿本《三国志注补》卷一及杭世骏《三国志补注》卷一引）《魏国统》此则记载，未及曹操杀吕家人事。按汉代离战国并不太远，战国时行路人成群结队，带兵器自卫而或打家劫舍；居家者亦往往招集徒党或有打劫过往客商之事，乃"根本不足为奇"。故此，吕思勉认为："曹操因疑心吕伯奢家而将其家人杀掉，或吕伯奢的儿子要想打劫曹操而被曹操所杀，都属情理所可有。"（《三国史话》八）

"三顾"诸葛亮之事,而魏鱼豢《魏略》却作诸葛亮投见求用,至司马彪《九州春秋》所记亦与之相同。鱼豢叙说:刘备屯樊城时,"亮乃北行见备,备与亮非旧,又以其年少,以诸生意待之。坐集既毕,众宾皆去,而亮独留,备亦不问其所欲言"。这时有人送来牦牛尾,刘备性好结毦而即手自结之。"亮乃进曰:'明将军当复有远志,但结毦而已邪!'备知亮非常人也。……备由此知亮有英略,乃以上客礼之。"(见《三国志注》卷三五引)这个"乖杂"的传闻,完全是捕风捉影的流言。其实诸葛亮自己在《出师表》说得很明白:"先帝(刘备)不以臣卑鄙,猥自枉屈,三顾臣于草庐之中,咨臣以当世之事。"《三国志》诸葛亮本传还写刘备"三顾"前后的经过:在听了徐庶的推荐后,"遂诣亮,凡三往,乃见"。陈寿又在《上诸葛氏集表》中说:"时左将军刘备以亮有殊量,乃三顾亮于草庐之中。"常璩《华阳国志》卷六《刘先主志》也载"先主遂造亮,凡三"。陈寿、常璩都是出生、求学于川中并早年仕蜀之士大夫,而诸葛亮在蜀执掌军国重任长达二十三年之久并产生有深远的社会影响。况且陈寿、常璩与诸葛亮时代相去又未远,对于诸葛亮的情形十分清楚,他们这些记载是完全可信的。所以,裴松之对鱼豢《魏略》的说法加以批驳,斥之"乖背至是,亦为可怪"。但是,这个诸葛亮自行往投刘备的传闻又见于司马彪《九州春秋》,显然不能看作鱼豢个人的捏造。汉魏士大夫出仕,素以屡辞辟召为自重身价;而《魏略》《九州春秋》之所叙的诸葛亮竟然毛遂自荐,以策士式的游说见用,便可知这个当时流传于中原的野史传说之深寓贬意了。

相同或相近的故事纷流为别种或多种不同之传闻,乃往往是民间故事传说固有的属性。魏晋南北朝时期的三国故事野史传说,尤见如此。

第二,神怪奇异的传说与虚诞不实的传说。

这个时期的载籍，特多鬼神志怪之书，而脱"志怪"牢笼之人间言动的记叙亦复不少。受时代流风的影响，三国故事野史传说也可以分为这两大类。今取已被后人采择改编入《三国志演义》的某些故事传说，例举以见之。

先看神怪奇异的传说。在这个社会动乱、祸福无常，而张皇鬼神，称道灵异的年代，三国之人和事的传说往往带有极其浓厚的神怪色彩。

其一，"天使"传说。如后来仕蜀的糜竺先前从洛阳经商归，路见新妇求寄载。行二十余里，新妇谢去，谓曰："我天使也。当往烧东海糜竺家。感君见载，故以相语。"糜竺私请免烧。"天使"曰："不可得不烧。如此，君可快去，我当缓行。日中必火发。"糜竺急归，"便移出财物。日中而火大发"（晋干宝《搜神记》卷四。按本事亦见晋王嘉《拾遗记》卷八等，但文字有差异）。

其二，道人变幻传说。如庐江左慈见天下乱起，乃学道，能变化万端。曹操闻而召之，见其断谷期年，颜色如故，以为"必左道也"。曹操设酒，左慈"乞分杯饮酒"，"饮毕，以杯掷屋栋。杯悬摇动，似飞鸟俯仰之状，若欲落而不落"。曹操欲杀之，左慈走而"化为羊"，吏员亦"不复知慈所在"。左慈屡屡"示其神化"，操"闻而愈恶之"。不久有人见而"便斩以献公（曹操）。公大喜，及至视之，乃一束茅"。左慈后至荆州，以"酒三杯、脯一片"饷刘表军"凡万余人"，"坐上又有宾客千人，皆得大醉"。数日，入东吴，见吴主孙策，策复欲杀之，但"知其有术，乃止"。（晋葛洪《神仙传》卷五。按本事又略见《搜神记》卷一，但无"分杯"、掷杯、其尸变"一束茅"以及至荆州、入吴诸事，而增饰铜盘钓鲈鱼、得蜀姜之事）再如琅玡道士于吉传说（《搜神记》卷一，《三国志注》卷四六引《江表传》）、葛玄传说（《搜神记》卷一、《神仙传》卷七）等亦属此类灵异奇幻变化故事，这里不一一引述。

其三，术士卜筮传说。如后为曹操所征召的"神卜"管辂善解诸术，能知未来过去之事。曾至南阳，见少年赵颜而叹其"寿不逾二十"。赵颜父子即来拜求"延命"，管辂感其"恳诚"而教之。赵颜遂依言取清酒、鹿脯，往大桑树下专侍二人下围棋。此二人即为注生之南斗、注死之北斗。因"已饮他酒脯"，不能"无情"，南斗在文书上见赵颜寿十九岁，于是"乃取笔挑上"，语颜曰："救汝至九十年活。"赵颜闻之喜，拜而回家（《搜神记》卷一）。此外，《搜神记》《异苑》等还记载了管辂的其他很多神算传说。

魏晋南北朝的怪异传说，对后世颇多影响。如袁希之《汉表传》记诸葛亮在木门削大树皮所题"张郃死此树下"（宋李昉等《太平御览》卷二九一）的传说，以显现其"神算"；而至隋文帝开皇间，行军总管史万岁南征亦有《诸葛亮纪功碑》题"（史）万岁之后，胜我者过此"（唐魏徵等《隋书》卷五三）。又如东晋习凿齿《汉晋春秋》所记民谚"死诸葛走生仲达"的流传，至唐玄宗时便有"死姚崇犹能算生张说"（唐郑处诲《明皇杂录》）之语。诸如此类，亦从中可见到隋唐时期传说多承袭魏晋南北朝之余绪。

再看虚诞不实的传说。除了离奇神怪传说外，这个时期还对诸多三国的人与事编造出种种虚诞的故事，被称许为三国时代"两位大人物"的曹操和诸葛亮[①]就有不少这类传说。而其中诸葛亮传说的流行，还有深刻的

---

① 吕思勉《三国史话》为曹操作了辨诬，然后说"封建时代"也有其光明面，"公忠体国的文臣，舍死忘生的武士，就是其代表。这两种美德，魏武帝和诸葛武侯，都是全备了的。他们都是文武全才。两汉之世，正是封建主义的尾声，得这两位大人物以结束封建时代，真是封建时代的光荣了"（1944 年开明书店本）。

社会背景。东晋、南北朝时，北方陷于游牧部落贵族的统治，南方政权又极端腐败而更迭频繁，当此民族危难深重之际，"帝蜀寇魏"思潮兴起，在历史上治蜀清明而坚持北伐到底的诸葛亮便自然成为民众心目中极其推崇的人物，习凿齿乃称之"义范苍生"的"堂堂伟匠"（《诸葛武侯宅铭》）。于是其人其事越来越受到颂扬，以至于夸大虚饰他的军事才能。如东晋王隐《蜀记》所载郭冲之力陈诸葛亮"权智英略"的五起故事。其第三事乃记诸葛亮初出伐魏时，屯于阳平化险为夷之超人机智。当是时，他遣魏延诸军东下，而只留万人守城。

> 晋宣帝（司马懿）率二十万众拒亮，而与（魏）延军错道，径至前，当亮六十里所，侦候白宣帝说亮在城中兵少力弱。亮亦知宣帝垂至，已与相逼，欲前赴延军，相去又远，回迹反追，势不相及，将士失色，莫知其计。亮意气自若，敕军中皆卧旗息鼓，不得妄出庵幔，又令大开四城门，扫地却洒。宣帝常谓亮持重，而猥见势弱，疑其有伏兵，于是引军北趣山。明日食时，亮谓参佐拊手大笑曰："司马懿必谓吾怯，将有强伏，循山走矣。"候逻还白，如亮所言。宣帝后知，深以为恨。
>
> （见《三国志注》卷三五引）

其实，这个一千六百年来喧腾于众口的诸葛亮"空城计"，完全是一个子虚乌有的传说故事。首先，从司马懿方面来看，蜀建兴五年魏太和元年（227）诸葛亮出驻汉中阳平之时，他正"屯于宛"，以骠骑将军"加督荆、豫二州诸军事"；随后又到上庸（今湖北十堰）平孟达之叛。到太和五年（231），才受命"西屯长安"，统诸将"讨亮"（《晋书》卷一）。此前不存在"阳平""拒亮"之事。况且，既已探知城中"兵少势弱"，军力二十倍于敌的司马懿即使不立刻施行强攻，若疑有伏，但也完全可以围困或设防之，没有必要便引军退走。其次，从蜀军方面来看，诸葛亮一向谨慎不以轻弱自守，也不曾让魏延独领重兵远出（《三国志》卷四十载："延每随亮出，辄欲请万人与亮异道会于潼关如韩信故事，亮制而不许。延常谓亮为怯，叹己才用之不尽。"）再次，从编撰者及其作品来看，此"空城计"出于王隐《蜀记》，而王隐"虽好著述，而文辞鄙拙，芜舛不伦"（《晋书》卷八二本传语），掺杂许多虚诞不实之词。其记述诸葛亮"五事"又是"隐没不闻于世者"，乃来历不明而世人无以知之，本来就是值得怀疑之事。况且，《蜀记》所写的此故事内容乃是属下郭冲对上司（司马懿之子扶风王司马骏）当面直接诽谤其父，正如裴松之指出的："对子毁父，理所不容，而云扶风王慨然善冲之言，故知此书举引皆虚。"（见《三国志注》卷三五）

诸葛亮的"空城计"历史上是不存在的，然而战争史中以弱示强的类似战例却屡见不鲜（参见拙著《诸葛亮形象史研究》上编第七章）。还值得注意的是，这个虚无的"空城计"传说经过文学家的妙手再创作，既被小说家编写进名著《三国志演义》，又被说书家和戏曲家搬上了书场或舞台，已成为妇孺熟知之十分精彩的文学故事。

第三节 "百戏"及其唐代"市人小说"的三国故事

唐代随着城市的繁荣和人口的增加，出现了讲三国故事的"市人小说"（"人间小说"），而此时"市人小说"乃属于"百戏"（"杂戏"）的民间"说话"伎艺（讲故事）。

"百戏"是起源很早的古代多种表演杂艺之总称。据不完全记载，先

唐时期三国题材故事节目的表演至少有过三场。第一场是汉献帝建安十九
年（214）在成都演出的"效讼阋"时事剧。刘备定蜀之初，博士（一作学士）
许慈、胡潜"矜己妒彼"，二人"忿争"，"形于声色"，"时寻挞楚"。
刘备便在"群僚大会"上，"使倡家假为二子之容，效其讼阋之状，酒酣
乐作，以为嬉戏，初以辞义相难，终以刀杖相屈，用感切之"（《三国志》
卷四二《许慈传》）。从这一场"效讼阋"的演出中，可以看到：（一）
取材于时事，情节预先编定，矛盾冲突由"辞义相加"发展到"刀杖相屈"；
（二）角色有二人，由艺人"倡家"装扮成博士而表演之；（三）表演形
式既有说白，又有舞蹈动作，即一人持刀一人执杖相斗；（四）编演有明
确目的，既有"嬉戏"的娱乐作用，又有"用感切之"的教育意义。此"效
讼阋"演出当属"百戏"范围，尽管故事后来不见流传，但无疑是最早编
演的"三国戏"①，而且也是三国故事创作的发端。第二场是在魏文帝黄
初五年（224）洛阳宴会上的即兴演出"说肥瘦"。"时上将军曹真性肥，
中领军朱铄性瘦，（吴）质召优，使说肥瘦。"（《三国志注》卷二一引
《（吴）质别传》）当时俳优表演的"说肥瘦"，乃类似于后世的说相声。
第三场是隋炀帝大业十二年（616）在洛阳西苑表演黄衮所制作的木偶戏"水
饰"。是年三月上巳日，炀帝与群臣观赏由朝散大夫黄衮制作的"水饰"
七十二势，以木人演古代真人故事。其中表现与水域有关的三国时期人物
故事有："曹瞒浴谯水击水蛟""刘备乘马渡檀溪""魏文帝兴师临河不
济""吴大帝临钓台望葛玄""周处斩蛟""杜预造河桥成，晋武帝临会

---

① 中国戏曲起源很早，至前汉出现角抵戏《东海黄公》。周贻白认为："《东海黄公》
是中国戏剧形成一项独立艺术的开端。"（《中国戏曲发展史纲要》第二章）戏曲艺术的
完整形态虽到宋元时期才正式形成，但是鼎峙之初倡家扮演的"效讼阋"故事，在戏曲史
上具有非常特殊的地位。卢弼《三国志集解》卷四二《许慈传》引钱振锽曰："此事不惟
为汉儒门户之终，且为后世梨园之始。"足见其意义之重大。

举酒劝预"六势。这些故事发生的时间自后汉晚期至三国末年（西晋初），被扮演的人物有曹操、曹丕、刘备、孙权、葛玄、周处、杜预、司马炎八人，选取他们水上（或水边）活动某特定场景的片断。黄衮"水饰"制作十分精巧，"木人长二尺许，衣以绮罗，装以金碧，及作杂禽兽鱼鸟，皆能运动如生，随曲水而行"（宋李昉等《太平广记》卷二二六引录唐杜宝《大业拾遗记》，并可参见《资治通鉴》卷一八三）。

唐代社会的繁荣，促使"百戏"（杂戏）艺术进一步发展，所出现的参军戏以及"说话"伎艺之"市人小说"①，也都有表现三国时期人物故事的节目。诗人李商隐《骄儿诗》写当时儿童："或谑张飞胡，或笑邓艾吃"；下又写"忽复学参军，按声唤苍鹘"。此参军戏是滑稽喜剧，其中"参军""苍鹘"两个角色插科打诨地来表演"张飞胡""邓艾吃"，引发了儿童的兴趣和仿效。可见三国故事在民间的流传之深广。然而此前已有"市人小说"的讲说，突破魏晋南北朝时期野史传说的樊篱，使之在三国故事发展史上迈向了新阶段。

由于佛教的盛行，唐代寺院对信众还开展演讲活动。除讲经外，也说些世俗故事，而其中就有"市人小说"的三国故事。高僧道宣撰成于唐太宗贞观四年（630）的佛学名著《四分律删繁补阙行事钞》，其卷下三《僧像致敬篇》谈及世俗贤者受人尊敬所具有的品格，加注云："似刘氏重孔明者。"对唐初道宣"似刘氏重孔明者"这条小注，后来多位僧人作过诠

① 唐段成式《酉阳杂俎》续集四："予太和末，因弟生日观杂戏，有市人小说，呼扁鹊作褊鹊字，上声。"按"市人"，即指街坊伎艺人。宋高承《事物纪原》云："仁宗时市人有能谈三国事者。"可证。唐代"市人小说"乃属于"杂戏"即百戏范围，是为"说话"伎艺之类。又，《唐会要》卷四记载："（唐宪宗）元和十年（815）韦绶罢侍读。绶好谐戏，兼通人间小说"（按《资治通鉴》作元和十二年）。"人间小说"亦当是鄙说戏言之属民间的"说话"。当时，街坊、官府、寺院都有"说话"的演讲活动。

解，而约成书于唐玄宗开元二年（714）的释大觉的《四分律行事钞批》（下简称《行事钞批》）卷二十六记述作《死诸葛亮怖生仲达》故事。大觉写道：

> 注云"似刘氏重孔明者"，刘备也。意三国时也：谓魏主曹丕都邺，今相州是也，昔号魏都；吴主孙权都江宁，昔号吴都；刘备都蜀，昔号蜀都；世号三都，鼎足而治。蜀有智将，姓诸葛名高［亮］，字孔明，为王（刘备）所重。刘备每言曰："寡人得孔明，如鱼得水。"后乃刘备伐魏，孔明领兵入魏。魏国与蜀战。诸葛高［亮］于时为大将军，善然谋策。魏家唯惧孔明，不敢前进。孔明因病垂死，语诸人曰："主弱将强，为彼所难，若知我死，必建［遭］彼我［伐］。吾死已后，可将一帒土，置我脚下，取镜照我面。"言已气绝。后依此计，乃将孔明置于营内，于幕围之，刘家夜中领兵还退归蜀。彼魏国有善卜者，意转判云："此人未死！""何以知之？""蹋土照镜，故知未死！"遂不敢交战。刘备退兵还蜀，一月余日，魏兵方知，寻往看之，唯见死人，军兵尽散。故得免难者，孔明之策也。时人言曰："死诸葛亮怖生仲达。"仲达是魏家之将也，姓司马名仲达。亦云"死诸葛走生仲达"。其孔明有志量，时人号为卧龙，甚得刘氏敬重。（见《续藏经》第一辑第六十八套第一册第十五叶，民国十三年上海涵芬楼影印本）

大觉的这则《死诸葛亮怖生仲达》故事，是民间借历史的躯壳而重新加以想象和虚构之作，与史实有重要的出入。其一，改变历史事实。大觉说："后乃刘备伐魏，孔明领兵入魏"；又说诸葛亮病死，"刘备退兵还蜀"。但考史籍所载：汉献帝建安末年，刘备从曹操手中夺取汉中的战争期间，诸葛亮"常镇守成都，足食足兵"，根本没有参与其军事行动；而后来诸

葛亮上表伐魏，刘备则已死五年，到诸葛亮病卒于渭滨，刘备不在人世也
有十二年之久了，他又怎能领众"退兵还蜀"！其二，修改人物形象。诸
葛亮伐魏时的官职是蜀丞相，而不是"大将军"。陈寿评诸葛亮"可谓识
治之良才，管（仲）萧（何）之亚匹"（《三国志》本传），是为一代名相；
而大觉写他"善然谋策"，乃作"智将"形象。其三，魏军退走的因由不同。
据晋习凿齿《汉晋春秋》所记载：司马懿已探知诸葛亮病卒，却骤见蜀军"反
旗鸣鼓"，是疑蜀军诱敌而退走，百姓因此为之谚曰："死诸葛走生仲达"
（见《三国志注》卷三十五引）。史实仅此而已，但是大觉说司马懿是被
蜀军撤退后而留置营中"踏土照镜"的孔明死尸惊"怖"走的，故有时人"死
诸葛亮怖生仲达"之言。《行事钞批》将史实上的司马懿因疑退走而改为
"怖"走，乃突出了一个"怖"字。尽管如此，大觉这则故事充满浓厚的
生活气息，深涵民间的奇特想象，在三国故事发展史上具有重要意义。

　　在唐代，死诸葛走生仲达的故事流传十分广泛，且多有异同。唐末释
景霄《四分律钞简正记》卷十六，对大觉所记的这条旧说又加以编录并进
行整理。景霄的工作主要有三：其一，继续保留大觉所写的诸葛遗体"踏
土照镜"，留置"营内"，仍然强调故事的主旨乃"死诸葛亮怖生仲达"。
其二，删除一些无关紧要的叙述文字，如说魏吴蜀三都等。其三，修改文
字，如诸葛亮死后，大觉所写"刘备退兵还蜀"不合事实，而景霄则笼统
地改作蜀将"抽军归蜀"；又，卜诸葛"未死"者，大觉写"魏国有善卜者"
卜之，而景霄则改为司马仲达亲自卜之。景霄书名"简正记"，其文字确
实要比大觉简练得多。此外，在景霄撰《简正记》前约数十年，唐懿宗咸
通（860—873）间，陈盖注释胡曾咏史诗《五丈原》[1]也记叙了类似的故事。

----

① 　见《新雕注胡曾咏史诗》卷二，四部丛刊三编集部影印本。

因胡曾原诗有云"长星不为英雄住，半夜流光落九垓"，陈盖便增写诸葛亮伐魏到五丈原后，"夜有长星坠落于原"（据《三国志注》卷三五引《晋阳秋》）。至于诸葛亮遗计惑敌的手段，大觉、景霄只有"踏土照镜"两项，而陈盖则写其遗命："吾死之后，可以米七粒并水于口中，手把笔并兵书，心前安镜，□［足］下以土，明灯其头，坐升而归。"所写的除踏土、安镜等外，还增写口含米、水以表示尚能饮食，"手把笔并兵书"以表示正在筹划谋略。大觉、景霄都写蜀军还川时营中留置诸葛尸，以惊"怖"退司马懿；而陈盖写诸葛尸随蜀军"坐升而归"，司马懿之退兵乃因其两次卜"占"俱误认为诸葛"未死"，而"竟不取趁"，并非死诸葛走仲达也。这种近似的故事所强调的着重点不同：大觉、景霄都以留置死尸惊怖敌人，而陈盖则写强敌因误"占"而退走。陈盖的说法可能自有渊源，中唐时杜佑《通典》就曾道"司马不料亮死，暗也"。

　　这里还应当提及的是，对后世有深广影响的唐代咏怀三国的诗歌创作。查《全唐诗》（清初修纂）及《全唐诗逸》（日本上毛河世宁纂辑）、《全唐诗补逸》（孙望辑）、《全唐诗续补遗》（童养年辑录）等，咏及三国人物很多，其中作别称或浑称者有：黄须儿（曹彰）、步兵（阮籍）、桑盖（刘备）、琅琊人或南阳子（诸葛亮）、紫髯（孙权）、归命侯（孙皓）等。咏及三国故事者主要有夜遂萤光、蔡邕倒屣、文姬绝域、蔡琰辨琴、孔融让果、甄后出拜、子建八斗、陈思七步、洛浦遇陈王、宓妃留枕、苍舒（曹冲）称象、吕虔佩刀、王粲复棋、杨修捷对、华歆忤旨、管宁割席、张辽止啼、阮籍长啸、嵇康养生、左慈掷杯、鲈鱼在玉盘、华佗五禽、管辂无年、杯酒英雄、备失匕箸、刘葛鱼水、七纵七擒、亮遗巾帼、糜竺收资、庞统展骥、马良白眉、姜维胆斗、张昭塞门、周郎赏曲、陆绩怀桔、陆抗尝药、杜预建桥、元凯传癖，还有已凝成典故熟语的蔡邕碑、文姬曲、董卓脐、陈琳檄、铜雀怨、七步诗、吕虔刀、仲宣楼、王粲宅、王粲笔、竹林宴、步兵琴、阮氏酒、苏门啸、中散兴、刘郎浦、武侯庐、七擒略、出师表、周郎计、吕蒙营、堕泪碑等。唐代咏怀三国诗歌在思想和艺术上对于后来三国故事的形成具有颇为重要的影响，至今我们还能从明嘉靖元年序刊本《三国志通俗演义》中直接看到其引杜甫、杜牧、胡曾、周昙等人的诗篇。

第四节　三国故事创作的活跃和三国志小说 故事的初步形成（上）

　　到宋元时期，以三国人物和故事为题材的创作十分活跃，呈现空前繁荣的生动局面。此间，三国志小说故事的长篇讲史也随之脱颖而出，为后来名著《三国志演义》的诞生在思想和艺术上准备了必要的条件。

　　三国故事编创和表演活动在这个时期的盛兴，有其重要的时代背景与社会原因。第一，汉民族反抗外来压迫的斗争需要。自晋至明代以前，汉民族经历了两次极其深重的灾难。东晋及南朝时期，北方陷于落后的游牧部落贵族的占领，白骨蔽野，民不聊生，"帝蜀寇魏"的思潮便渐渐兴起，三国野史传说也已流行。至北宋亡于金，南宋亡于元，而元王朝统治者对南中国汉民更为歧视和压迫。汉民族这个时期再次沦入苦难的深渊，乃至于绝国灭顶之灾祸。"兴复汉室，还于旧都"（诸葛亮《出师表》）之类口号，对于当时正在坚持反抗外来压迫的汉族民众来说，充满着特殊的象征性意义。尤其是"（宋）高宗以后，偏安江左近于蜀，而中原魏地全入于金，故南宋诸儒乃纷纷起而帝蜀"（清《四库全书总目提要》卷四五）。所以，南宋初年诗人王十朋在夔州重修昭烈庙和武侯庙，乃赋曰"我虽有酒，不祀魏"（《谒昭烈庙》）。著名诗人陆游也高声疾呼："邦命中兴汉，天心大讨曹"（《剑南诗稿》卷四二）。时代的鼓角，催促着三国志故事创作的盛兴。第二，新兴的市民阶层日益增长的文化需求。随着工商业的发达，城市人口急剧增加。例如杭州人口，唐太宗贞观间为一十五万三千七百二十九人，到宋度宗咸淳间便多达一百二十四万七百六十人（见宋吴自牧《梦粱录》十八），其中有很多是买卖人。于是，广大市民迫切寻求适合自身需要的文化消费。商贸活动的频繁，原来坊市制的崩溃①，促使市民游艺活动的商品化和群众娱乐主要场所由唐代的寺院广场走向瓦肆勾栏。宋人"说话"伎艺在唐代"市人小说"和俗讲等基础上崛然而起，营业上的竞争又致使"说话"艺术专业化而分为四家数，"小说"和"讲史"就是其中最有影响的两家。在元代，以讲说时事新闻为主的"小说"受到严重的钳制，"讲史"便更发达。同时，在前代歌舞、讲唱伎艺、滑稽戏等表演艺术的基础上，逐渐形成了杂剧；而元杂剧体制完备，终于风飙云举，擅一代之长。这时的戏曲、"说话"伎艺及其"讲史"，都以三国志故事为其重要题材。

宋金元时期表现三国故事的文学艺术形式多种多样而十分活跃，大致可以分为非叙事类作品与叙事类作品两大品类。在非叙事类主要作品中，除抒情的诗词曲赋与杂感笔记外，甚至还及至于美术创作。如绘画方面的三国画，其前可以追溯到隋代的董展《三顾草庐图》（见《故宫周刊》第

①　在唐代都市中，"坊"是住宅区，通常黄昏后关闭坊门，实行宵禁；"市"是商肆区，亦只在日间进行交易。可参见宋王溥《唐会要》卷八六。胡士莹先生《话本小说概论》说："坊市制的崩溃是封建统治力量削弱和市民群众力量壮大的必然结果。坊市制的崩溃，反过来又成为说话得以繁盛的一个直接原因。"

304 期，1933 年 12 月 6 日）。至宋代，有画院的《三顾草庐图》（见商务印书馆 1957 年重印本《天籁阁旧藏宋人画册》），宋陈居中《文姬归汉图》（存）。金有"平阳府徐家"《义勇武安王位》图（今存俄罗斯圣彼得堡艾尔米塔什博物馆），金张瑀《文姬归汉图》（存），又有武元直《赤壁图》（金李晏有诗《题武元直赤壁图》）[①]。在元代，有《诸葛武侯画像》（元吴澄有诗《题诸葛武侯画像》）[②]、《二乔观书图》（元杨维桢有诗《题二乔观书图》、元王举之又有双调〔折桂令〕《二乔观书图》）[③]、《王粲登楼图》（元杨维桢有诗《题王粲登楼图》）、卫明弦《洛神图》（元倪瓒有诗《题卫明弦洛神图》）等。再如雕刻方面有：木刻孔明像等（清褚人获《坚瓠集》余集卷四记明沈越过江西白鹿洞书院，见诸生供诸葛孔明木刻小像。其称后观《朱文公年谱》，言先生即其地祀孔明，"而木刻像，乃文公所立"云。）

在叙事类作品中，这里姑且勿论带有若干叙事色彩的诗赋，此期的"说话"伎艺与戏曲已经脱离"百戏"范畴而各自独立，发展成为非常重要的

---

① 所见金李纯甫诗《赤壁风月笛图》、金元好问诗《赤壁图》、元郑允端诗《东坡赤壁图》，俱咏及"赤壁"。按李、元、郑三人所见画卷当绘宋苏轼游赤壁图，而非三国时赤壁之战事。又有元吴师道《赤壁图》诗，其所咏之图，疑与金李晏见及之画卷同题材，或即为武元直原作也未可知。

② 据清虚白道人汇辑《忠武侯祠墓志》（陈翔华藏）卷五载有宋苏轼《诸葛忠武侯画像赞》，写诸葛亮云："移五行之性，变四时之令。人也，神也，仙也，吾不知之，真卧龙也。"（按此画像赞，又见元刊本《三国志平话》卷下，称"后有苏东坡作庙赞"云）。今检元吴澄题《画像》诗："含啸沔阳春，孙曹不敢臣。若无三顾主，何地著斯人。"吴诗与苏赞所咏，当似非同一画像。

③ 先有元宋无诗写《二乔卷》，疑与杨维桢、王举之等所见之《二乔观书图》当为同一画卷。今检明代初年高启绝句《二乔观兵书图》，又清褚人获《坚瓠集》九集卷二《二乔观兵书》条载《雪涛诗评》有《题二乔观兵书图》云："香肩并倚读兵书"。而杨维桢诗《题二乔观书图》乃称："乔家教女善诗书，且比小姑持刃为？"故知《二乔观兵书图》似与杨维桢等所见此画卷并不相同。

艺术样式，受到世人的瞩目。戏曲艺术形式的逐渐成熟，在舞台上涌现出大批三国戏。今据有关文献记载和著录，宋元戏文（南戏或称永嘉杂剧）有《关大王独赴单刀会》《刘先主跳檀溪》《王祥行孝》《周处风云记》《甄皇后》《貂蝉女》《铜雀妓》《关大王古城会》《何郎敷粉》《泸江祭》《刘备》《斩蔡扬》等12种；金院本有《赤壁鏖兵》《刺董卓》《襄阳会》《大刘备》《骂吕布》《七捉艳》等6种；元杂剧有关汉卿的《关张双赴西蜀梦》《徐夫人雪恨万花堂》《管宁割席》《关大王单刀会》，高文秀的《刘先主襄阳会》《周瑜谒鲁肃》，庚天锡的《英烈士周处三害》，马致远的《大人先生酒德颂》，王实甫的《曹子建七步成章》《陆绩怀桔》，武汉臣的《虎牢关三战吕布》（又有同名另本），王仲文的《感天地王祥卧冰》《七星台诸葛祭风》《诸葛亮秋风五丈原》，李寿卿的《司马昭复夺受禅台》（又有同名另本），尚仲贤的《武成庙诸葛论功》，石君宝的《东吴小乔哭周瑜》，于伯渊的《白门斩吕布》，戴善甫的《关大王三捉红衣怪》，花李郎的《莽张飞大闹相府院》《相府院曹公勘吉平》，赵天锡的《试汤饼何郎傅粉》，李取进的《司马昭复夺受禅台》（另本见上），郑德辉的《醉思乡王粲登楼》《虎牢关三战吕布》（另本见上），金仁杰的《蔡琰还朝》，赵善庆的《烧樊城糜竺收资》，朱凯的《黄鹤楼》，王晔的《卧龙岗》，无名氏的《诸葛亮博望烧屯》《锦云堂美女连环记》《关云长千里独行》《摔袁祥》《乌林皓月》等34种。此外，还有元明间无名氏杂剧如《曹操夜走陈仓路》《阳平关五马破曹》《走凤雏庞掠四郡》《周公瑾得志娶小乔》《张翼德单战吕布》《莽张飞大闹石榴园》《诸葛亮挂印气张飞》《诸葛亮石伏陆逊》《诸葛亮隔江斗智》《老陶谦三让徐州》《寿亭侯五关斩将》《关大王月下斩貂蝉》《关云长古城聚义》《关云长单刀劈四寇》《寿亭侯怒斩关平》

《关云长大破蚩尤》《刘关张桃园三结义》《张翼德三出小沛》《张翼德大破杏林庄》《米伯通衣锦还乡》《斩蔡阳》等21种。这些戏曲的演出，在民间甚有影响。据宋洪迈《容斋随笔》卷二记：北宋徽宗时，村民看三国戏后，曾模拟演员所扮蜀先主刘备戴"平天冠"。是时"（开封府享泽村村民）乃尝入戏场观优，归途见匠者作桶，取而戴于首，曰：'与刘先主如何？'"按"平天冠"乃天子之冠，此村民戏取桶以拟作"平天冠"，因而被误认为有谋逆的嫌疑，还闹出了一场官司（此事又见元脱脱等《宋史》卷三一四《范纯礼传》）①。

第五节　三国故事创作的活跃和三国志小说故事的初步形成（下）

　　宋元时期"说话"伎艺的演出深受民众欢迎，而其中作为"说话"四家之一的"讲说前代书史文传、兴废争战之事"的"讲史书"大为兴盛。当时，短篇说话的现实题材创作技巧比较纯熟，然而民众在新兴的文化娱乐市场瓦舍勾栏里已经不能只满足于听惯了的短篇说话（尽管间或有少许较长的故事），书场上日益激烈的营业竞争，更促使伎艺人必须进行新的探索。长篇说话需要编织众多人物及其间之复杂关系、曲折的故事情节和丰富生动的细节描述，以反映该时代的面目和广阔的社会场景。这个时期

---

　　① 其前，影戏《三国志》的表演在民间已产生影响。宋张耒《明道杂志》曾载开封府一群无赖借演影戏斩关羽之机而骗取酒食钱财。其记"京师有富家子"，"此子甚好看弄影戏，每弄至斩关羽辄为之泣下，嘱弄者且缓之"。弄者因之以祭关羽而"求酒肉之费"，"此子出银器数十，至日斩罢，大陈饮食如祭者。群无赖聚享之，乃白此子，请遂散此器，此子不敢逆，于是共分焉"。

的作家还缺乏直接从现实生活中提取和概括重大社会题材来创作长篇巨构的艺术能力与经验。而书场上的强烈唤呼，却催促着有学识的说话人或书会才人，从历史记载的宝库中，汲取极其丰富的素材而进行长篇说话创作的尝试，终于产生了"讲史书"这种新的艺术表现形式。"讲史书"即"讲史"，乃依傍于史书并袭取其原著书名而以为说书的名目，如说《汉书》《三国志》《五代史》等。"讲史"的话本称平话（又称评话），其之于史实是"大抵真假相半"，仍然有很多虚拟想象的成分，并不等同于历史。但是，从中国文学发展过程来看，讲史平话毕竟从短篇小说跃出了一大步，是长篇小说最初的尝试，而为后来真正意义上体制完备的长篇章回小说开辟了道路。

这个时期三国志故事的讲说，已屡见记载。在北宋，苏轼《志林》卷一记曾听人云：涂巷小儿携钱去"聚坐听说古话"三国事。高承《事物纪原》卷九又云："仁宗（1023—1063）时，市人有能谈三国事者，或采其说加缘饰作影人，始为魏蜀吴三分之象。"孟元老《东京梦华录》卷五载徽宗崇宁、大观（1102—1110）间东京瓦肆伎艺，其中有说《三国志》故事的专业讲史家，"霍四究，说三分"。存留有宋代社会史料的小说《水浒传》，其明容与堂刊本第九十回写宋江军马征辽回京师，燕青和李逵在元宵时节入城，投桑家瓦子听说《三国志》平话的情景：当时，他们听到勾栏内锣响，便挨在人丛里，"听的上面说评话，正说《三国志》，说到关云长刮骨疗毒"，关公刮骨取毒时，"面不改色，对客谈笑自若"。李逵听到这里，便高叫："这个正是好男子！"[①] 至元代，三国志故事的说唱更加繁盛。

---

① 这里所引文字见明容与堂刊本《水浒传》，但不载明余象斗刊本《水浒评林》。按容与堂刊本所写的"桑家瓦子"，确为东京的游乐去处。据《东京梦华录》卷二《东南楼街巷》载，"皇城东南角"有十字街，东去为潘楼街，其"街南桑家瓦子，近北则中瓦，次里瓦。其中大小勾栏五十余座"。瓦中有伎艺人作场，游人"终日居此，不觉抵暮"云。

如石君宝《诸宫调风月紫云亭》杂剧、杨立斋〔般涉调〕套曲等，都以民众熟知的口吻来提及所说唱的《三国志》故事。杨维桢还写"善记稗官小说，演史于三国五季"的钱塘旧族朱桂英，就是元代一位说三国志等故事的女艺人（见《送朱女士桂英演史》）。讲史书《三国志平话》以及《三分事略》等书的先后刊行，正反映了当时民间的盛传。

所见《三国志平话》刊于元英宗至治年间。此本共上中下三卷，不题撰人。元刊本为蝴蝶装，上图下文。正文半叶二十行，行二十字。卷端题"至治新刊全相平话三国志卷之上（卷中、卷下）"。封面下栏两旁分刻大字"新全相三国志平话"，中夹"至治新刊"四字。"至治"是元英宗硕德八剌的年号，共三年，时为公元 1321 至 1323 年，此乃是书刊刻的时间。封面中栏刻刘、关、张三顾图，上栏刻"建安虞氏新刊"（同时如此题署的，还有平话《武王伐纣书》《秦并六国平话》《前汉书续集》），刻家为福建建阳之名肆。上卷首叶图像右下角，题"古樵吴俊甫刊"字样。吴俊甫为建阳邻县邵武的刻工，曾先后为虞氏书坊刊刻过《武王伐纣书》《七国春秋后集》《前汉书续集》等。此《三国志平话》为虞氏所刊的平话系列丛刻之一种，其成书时间当在元代中叶以前。

《三国志平话》是三国志故事长期在民间流传而不断加工的产物。虞氏所刊的这部平话通过"汉君懦弱曹吴霸，昭烈英雄蜀帝都"（卷下）的叙述，极力颂扬刘备集团。除了开端交代魏蜀吴三国分合因由的司马仲相断阴间公事外，全书前半部分主要描写张飞"勇冠天下"，而后半部分则讴歌诸葛亮过人智谋。基本情节的安排大体上还合乎历史发展的时间顺序，但是不少故事则出于民间传说或虚构想象。例如桃园结义、张飞杏林庄招安黄巾、张飞杀定州太守、刘备等往太行山落草、石亭驿捽袁襄、张飞在古城自号"无姓大王"、孔明杀曹使、黄鹤楼刘备私遁、庞统说反南四郡、曹操斩汉太子、曹操劝献帝禅位于其子曹丕、诸葛黄婆店遇神女、孔明死后使神人致书司马懿令其不得争锋等等诸事，俱不见于史籍记载。有的虽有历史依据，如三顾孔明、赤壁鏖兵等，但是经过了重新创作，已非原来风貌。又有些历史事实被"移花接木"，如鞭督邮本刘备事而改作张飞所为等，便编织成了新故事。这部平话的故事与人物描写，既有成功的大胆创造，又有不少失之于虚诞。

元刊本《三国志平话》，仅藏于日本内阁文库。最早为世人所知的，乃是由于日本大正丙寅（1926）年东京帝国大学据原藏元本的首次影印（下称"东大本"）。书后有节山学人盐谷温博士（1873—1962）是年三月《跋》云："抑古今禹域逐鹿之奇局，莫过于三国。后世演戏说史，多取材于此。著于李义山诗，录于东坡《志林》。"而内阁文库此藏本"诚为希觏珍籍"，"因试取《三国志》付之玻璃版，以授生徒"。称是书"与董氏诵芬室近刊景宋残本《五代平话》，可谓宋元讲史书之连璧矣"。此东大玻璃版本只影印了 100 部，流及中土极少，亦为稀见之物。其后，中国本土两次重新影印：（一）1929 年上海涵芬楼翻印日本东大本（下称"涵芬楼本"），书后附校勘记与姜殿扬跋；（二）1956 年北京文学古籍刊行社重翻涵芬楼本（此本与《武王伐纣书》等四种合印成集，总称《全相平话五种》。以下称之为"全相五种本"）。尽管全相平话五种本出于涵芬楼本、涵芬楼本出于东大本，但是后出的这两种都曾经在再次影印时加以描补与涂改，并不完全忠实于原来的底本，甚至越后出者则距离元刊本面目越远些。今以这两种再影印本的文字，分别与手头所存之日本内阁文库原藏本的照片（下略称"照片"）和东大本相比较，可以见到：第一，涵芬楼本再影印时已对原底本进行了修改，全相五种本则沿袭之。如写刘备镇压黄巾后，到朝门外听候圣旨，"刘备拜罢，府伏在地"。照片及东大本所作"府伏"的"府"字，涵芬楼本再影印时却添描"人"旁作"俯"，全相五种本也依涵芬楼本亦改作"俯伏"。又如写诸葛亮到豫章城说周瑜拒曹，称"我主在困，故来求救"。照片及东大本所作"故来求救"的"来"字，涵芬楼本再影印时却改描作"乘"，全相五种本也依涵芬楼本亦作"故乘求救"。按"故乘"不词，后来校勘者乃断之为"故来"的形误，其实原本文字无误，只是涵芬楼再影印时却将正确者反改描成了错误。第二，原本文字残缺或漫漶，涵芬楼本仍依原底本影印未改，而全相五种本却加以臆补。如入话说汉光武帝听近臣奏：御园之修建"亏杀东都洛阳之民"时，紧接着便写道："□□□急令传寡人圣旨，来日……寡人共黎民一处赏花。"照片及东大本"急令"上所缺失"□□□"三字，涵芬楼本再影印时仍付缺如，而全相五种本却擅自臆补三字作"光武曰"。其实，据原本平话重翻的《三分事略》此处作"帝得知"，故知原本所缺三字为"帝得知"，并非"光武曰"。全相五种本之臆补，非也。又如写张飞到杏林庄招安黄巾时，张表"呼左右即下手，□□□齐向前来刺张飞"，照片及东大本之"齐"上三字漫漶不辨，涵芬楼本再影印时亦未描补，而全相五种本却对原本所漫漶"□□□"处擅自臆加描补作"众军们"三字。按《三分事略》此处乃"群枪一"三字，即为张表命部下出手，于是"群枪一齐向前来刺张飞"，可见全相五种本所臆补"众军们"并非原本文字。凡此种种，这些再影印本胡乱改窜原本文字，反而制造新的混乱和麻烦，应该引起研究者的严重注意。（参见拙作《三国志平话重新影印本的问题》，载《古籍整理出版情况简报》第 262 期及《北京图书馆同人文选》第 3 辑。）

在元英宗间刊本《三国志平话》以后，又有《三分事略》翻刻本。今见《三分事略》上中下三卷，"建安书堂"（建阳）刊本，仅藏于日本天理大学图书馆。此书上、中卷卷端题"至元新刊全相三分事略上（中）"，而上、中卷尾与下卷卷端三处却题"照元新刊全相三分事略上（中、下）"，下卷卷尾题"新全相三分事略下"。封面又别作"新全相三国志故□"（"故"字残破而可辨，其下残缺一字。日本学者入矢义高推定末二字为"故事"，可从），此《三分事略》与元刊本《三国志平话》虽是不同的刻本，既有差异，但又有高度近似之处。第一，从正文来看，除卷端卷尾题署与刊刻工拙有差别及《三分事略》缺刻八叶（详下）外，此二本都是上图下文，图文基本内容与行款也相同。下文各叶行数字数全同，每叶首末字及至各行首尾文字也几乎俱同。甚至文中的许多错字也沿袭使用，如姜维之字"伯约"俱误作"曰约"，晋惠帝之"羊皇后"亦都误作"美皇后"等等。第二，从封面来看，除所题书名和书坊名外，《三分事略》封面设计的布局与《三国志平话》完全一致，而且也都有一幅内容俱同的刘关张往茅庐谒诸葛亮的版图。第三，从板心来看，二书的书名略称、卷次（"上""中""下"）及叶次的标志（叶码的位置与笔画形体），亦每每相同或相近。可见，《三分事略》与《三国志平话》这两个出自不同书坊的闽建刊本至为密切，其间显然存在着翻刻与被翻刻的关系。今再仔细考察板刻的种种实际情形，还不难发现：（一）《三分事略》有意缺刻八叶书板。与《平话》相比勘，《事略》缺《平话》上卷之倒第2—4叶"张飞三出小沛""张飞见曹操""水浸下擒吕布"（以上乃图目，下同），中卷缺倒第2—3叶之"孔明班师入荆州""吴夫人欲杀玄德"，下卷缺倒第3—5叶之"孔明斩马谡""孔明百箭射张郃""孔明出师"。所缺前后之故事情节与文字并不连贯，而

叶码却依次重排以紧衔接，显然可见书贾为偷工减料而作伪的行径。（二）
此书的本名原先似并不作《三分事略》。各叶上图略名称"三国"或偶有
减笔作"三□"，绝无题"三分"或"事略"之例，可见其略名如同《平
话》俱称为"三国"。卷中亦有点明书名之语云："《三国志》除张飞，
（赵云是）第一条枪"（按此处沿袭《平话》），封面又作"三国志故事"，
故知其原本当名为《三国志（平话）》无疑。只不过书贾为招揽生意，而
捏合前人有"说三分""事略"之谓，以标新立异之，改头换面，蒙混读者。
（三）此书各卷之端尾题署，虽有两处作"至元"，而三处却题"照元"，
于是暴露出了马脚。所谓"照"，即说是"照"着原底本重新翻刻之。这
也就显现了晚出的信息。（四）此书的错别字、异写字（包括本字、俗字）
等，既沿袭《三国志平话》，而又有新发展。如《平话》司马懿作"司马益"，
《三分事略》除作"司马益"外，又进而将"司马懿"别写作"司马一"。
甚至还普遍地以"一"来代"懿""益"，如益州作"一州"，张益作"张
一"等，亦可为此书晚出的佐证。由上所见，《三分事略》的刊印时间乃
在《三国志平话》之后，是毋庸置疑的①。

---

① 关于《三分事略》的刊印时间问题，学术界有不同的说法，大体上可以分为刊
印于《三国志平话》以前或其后两类。主张刊于以前的学者依据此书上、中卷卷端所题"至
元"和封面"甲午"字样，认为是刊于元世祖至元三十一年甲午（1294），即比元英宗至
治（1321—1323）年间所刊的《三国志平话》几乎要早近三十年（见《文学遗产》1984年
第4期）。倘若果真如此，"被翻刻本"《三分事略》既然故意缺刻了八书叶，而"翻刻
本"《三国志平话》何以能完整无损地将之保存下来？再看《事略》卷首既题"至元"又
别写"照元"，如此则也难以作为成书必在"至元"的根据。故而诸学者着眼于刊印实际
情况，认为是书出《三国志平话》后，细分之又有三种说法：（一）元顺帝至正十四年甲
午（1354）说，日本学者入矢义高教授主之；（二）元明易代之际印刷说，拙见主之；（三）
明成祖永乐十二年甲午（1414）说，日本学者阿部隆一教授主之。这里还应该说及的是，
著者在20世纪80年代中期曾就此问题请教版本学专家冀淑英等先生，冀先生等认定是书
刻印于明代前期。

　　这个时期流传的三国志故事，其实并不止于一种。元王沂《虎牢关》诗云"君不见三分书里说虎牢，曾使战骨如山高"（《伊滨集》卷五），情节不见传本《三国志平话》《三分事略》。《三国志平话》所写的赤壁鏖兵：吴军到夏口举火，诸葛亮"作法"祭风以助周瑜破曹；而元无名氏《风雨像生货郎旦》杂剧第四折写女艺人作场，却叙及"这话单题着诸葛亮长江举火烧曹军八十三万，片甲不回"云云。《货郎旦》剧中所说"诸葛亮长江举火"，当别是一种三国志故事。此外，还有以关索为主要人物的说唱词话《花关索传》，则是又一种三国志故事。关索故事流传已久，宋代有草野旧闻的关索武勇故事①，元至治间刊本《三国志平话》卷下写

---

　　①　陈寿《三国志》虽不见关索其名，但宋金时期已屡屡有人以之作为别号、绰号或艺名者。宋徽宗宣和七年金太宗天会三年（1125），宋"陕西军将张关索"等合兵驰援太原抗金（《金史》卷八十），不过军帅"张关索"等却败于汾河北被擒（同上书卷一百三十三）。南宋高宗建炎三年（1129）宋将擒"赛关索李宝"（《三朝北盟会编》卷一百二十），又宋将斩"袁关索"等于饶州（同上书卷二百十一引《林泉野记》）。绍兴六年（1136）王贵回军败"贾关索"等（《金陀粹编》卷七）。绍兴间知虔州薛弼讨名贼"朱关索"等并获之（《浪语集》卷三十三）。南宋初信阳郡吏射杀"贼副小关索"（《茶香室丛钞》卷十七引《过庭录》）。周密《癸辛杂识》引龚圣与《宋江三十六人赞》中的《赛关索杨雄赞》，有"关索之雄，超之亦贤"语（按《水浒传》作"病关索杨雄"）。又，宋话本《西湖三塔记》也有"如三国内马超，似淮甸内关索"之说。当时除军将武夫以之为绰号外，很多伎艺人也称"关索"。据载籍所记，《梦粱录》（宋吴自牧）中有赛关索、女占赛关索，《武林旧事》（宋周密）中有张关索、赛关索、严关索、小关索等。至迟在元代，云贵地区已出现地名"关索岭"。明将从元人手中夺取大西南地区时，大将郭英攻克"关索岭"诸处（《明史》卷一百三十）。次年诸蛮复叛，朱元璋传谕"勿与诸蛮战于关索岭上"（同上书卷三百十一）。《明史》之《吴复传》《费聚传》亦载此年平叛之战，都说及"关索岭"。可见其地名必传承自元代或以前，并非后人所拟加。按清初编纂《古今图书集成》之职方典安顺府永宁州条，记此岭在州城西三十里，"上有汉关索庙。旧志：索，汉寿亭侯子，从武侯南征有功，土人祀之。山半有马跑井，云索统兵至此，渴甚，马蹄跑地出泉，故名"。《古今图书集成》是一部康熙朝钦定的类书，而不同于寻常所见的坊本。可参见拙作《日本藏夏振宇刊本三国志传通俗演义纪略》（《三国志演义古版汇集》该书影印本书前，国家图书馆出版社，2010年）等。

诸葛亮南征时，已有战不危城太守吕凯而"关索败"之语。今见 1967 年
上海市嘉定区出土的《新编全相说唱足本花关索传》（含前、后、续、别
集），乃大异于《平话》故事。此书虽然刻印于明成化戊戌十四年（1478），
但其书牌既题"重刊"，各集末行又署"新刊"字样，当自有"初刻"本。
而且，书版上图下文，风格也与元至治间刊本《平话》相近。所以赵景深
先生说："我颇怀疑这部《花关索传》是从元刊本翻印的，初刻的年代还
可以推前一百多年。"（《谈明成化刊本"说唱词话"》），此说当可信。
《花关索传》无疑保存了某些元人说唱三国志故事的原始面貌，值得我们
的重视。

　　《花关索传》的思想倾向也是全力歌颂刘备集团的，但是故事内容与
《三国志平话》及其他三国志故事大不相同。此书开端交代"花关索"的身世：
刘关张三人结义，议定互杀老小而誓以义无反顾，张飞往杀关家一十八口，
而关妻胡金定逃回娘家产下一子。此子后因观灯走失，为索员外收养，又
师从花岳出家学武艺，故而乃集三家之姓而称"花关索"。其闻父为"西
川都元帅"，遂往投之。《花关索传》写刘备集团从刘关张在桃源镇子牙
庙结拜起，历叙兴刘寨聚义，落凤坡大败魏国曹操，收西川五路城，关索
被贬云南，关羽兵败身亡，张飞被刺，关索为复仇而擒杀陆逊、吕蒙。但
是先主因忧思而归天，军师诸葛亮也返回卧龙岗修行，结果关索病卒而"兵
离将散"。书中虽然写关索，但是诸葛亮、刘备、关羽、张飞、姜维等也
是十分要紧的人物。

　　与《三国志平话》相比较，《花关索传》的显著差别除了"说唱词话"
的表现形式外，而其所叙述的刘备集团故事更具有草野的浓烈江湖气味。
　　（一）刘备集团一伙行动有明确的政治目的与政治口号："三人结义分天

下，子牙庙里把香焚"，"前往兴刘山一座，替天行道作将军"。"分天
下"是政治目的，"替天行道"是政治口号。而"替天行道"也正是水浒
故事中梁山泊农民聚义的口号。（二）兴刘寨队伍来自草泽。关索带上山
的十五万人，主要是收编啸聚山林的"强徒落草人"（如勒索金银的"太
行山上草强人"、拦路打劫的野猪山"强徒"等）和盘踞村寨的土著武装
（如鲍家庄、芦塘寨。而鲍家庄也"坐地要分赃"，设有"分赃取宝亭"，
故亦被称为"有名强徒草寇人"）。因此关索病卒，妻子和部下便纷纷回
原山寨或村寨继续当强人。而关索本人也还被骂作"强徒""强梁"，他
曾表示：如果其父不肯认子，便要去"摸山落草做强人"。至于兴刘寨的
原先人马也大体如此。（三）结义范围更加扩大。江湖上以"结义"行为
来紧密其内部关系，《三国志平话》只写刘备集团最高层三人结义，而《花
关索传》则加以扩大，对有本事的降将多收为结义兄弟。如关索入川过巴
州，擒获守将吕凯，便改其名为"关三凯"，以充作"第三个兄弟"（即
排次在关平、关索之后）；到阆州，关索又俘守将王志，也改其姓而称"关
志"，作为"关家第四人"。此外，太行山、野猪山等头领降伏后，亦先
后与关索结为兄弟。结义便成为维系这支队伍的纽带。（四）许多人物具
有江湖气十足的绰号或混名。如称大刀庞统、大胆姜维、大刀（一作大枪）
陆逊、转刚（钢）叉吕凯、鬼头王志、鬼面连（廉）句、鬼面曹璋、铁头
张琳、铁臂颜昭、铁旗曾霄、胜力宋金刚，以及只存混名者许拔山、赵擎
云、张擒龙、马提虎、飞过江、挑过海、驱倒河、锥翻赫、娄问罗、石太岁、
草上飞、冰上走等等。由上可见，《花关索传》这部带有重重江湖气味的
草野说唱，是三国志故事在长期孕育发展过程中的一派分流，充分显现了

三国志故事的多样性和流传的歧异性。而关索或花关索的故事对戏曲及其他说唱文学都有着重要的影响。因此，不可忽视此类非主流故事的探索，这对于整体研究的进一步深入也是非常必要的。

第二章 《三国志演义》编撰者

三国故事经过长期的流传和发展，到杰出的古典作家手里，终于编撰而成《三国志演义》这部小说史上的巨构。

第一节 关于《三国志演义》原本的"著作权"问题

古代小说《三国志演义》成书以后，先是辗转传抄，至明嘉靖元年（1522）才付之板刻，其后官府、私家书坊又竞相刊行。诸本经由众多士人或书坊主的反复编辑整理，故而题署颇见异同。对于这部小说巨著原本的编撰者，学术界的大多数共识乃为罗贯中。但是，也有些学者提出不同的说法。因此有必要加以澄清，以正视听。

有人曾将《三国志演义》的著作权归属于元代杂剧家王实甫的名下。清代初年陈鼎（1650—？）《黔游记》①叙及贵州关索岭时，说陈寿《三国志》

① 陈鼎原名太夏，以字行，又字定九，号铁肩道人。江阴人。主要生活在清顺治、康熙间。其《滇黔土司婚礼记》自序云："年十四，通制艺，适奉诏改八股为论策"。按清康熙二年（1663）八月改乡会试文为策论表判，陈鼎时值"年十四"，故可考知生于清顺治七年（1650）。早年因叔父宦滇，乃随行。叔父殁，遂居滇中。以文字见知于滇东土司龙宣慰，宣慰以长女嫁之。后曾入燕，游秦及新安等地。有康熙刊本《滇黔纪游》一卷、《荔枝谱》一卷，及《东林列传》二十四卷、《留溪外传》十八卷、《邵飞飞传》一卷、《黄山史概》一卷、《竹谱》一卷、《蛇谱》一卷等。

书中"未有名〔关〕索者",但"相传索从亮南征为先锋,开山通道,忠勇有父风。……故血食千古"。于是接着又说道:

> 一路至滇,为关索岭者三,而滇中亦有数处。似为壮缪(关羽)子,不谬也。……然正史缺者颇多,不独索一人已也。但不知王实甫作《三国〔志〕衍义》,据何稗史而忽插入〔志〕索乎?是皆不得考也。(转引《绍良丛稿·关索考》)

尽管陈鼎并不明白小说中的关索故事取材于何处,但他以非常肯定的口吻来谈《三国志演义》乃为"王实甫作"。《黔游记》刊刻于清康熙间,从行文的语气来看,此说由来似当已久,至少其前就有这种说法。而陈鼎此说后来也有一定影响。清咸丰三年(1853)常恩修《安顺府志》,其卷四十七《艺文志》载录谢庭董《关索岭辨》亦云:"王实甫《三国志演义》、毛宗岗《三国志评》、谢肇淛《滇略》,未知据何稗史,皆载有关索?"谢庭董再次确认"王实甫《三国志演义》"的著作权问题,其实乃重申陈鼎之说。至近代,文学家林纾(1852—1924)《畏庐琐记》称:"《三国志演义》为元人王实甫撰,《七修类稿》又以为明罗本贯中所编。"林纾虽然并存两说,但是对"元人王实甫撰"的说法并不否定。小说批评家黄人却表示怀疑。他在《小说小话》中指出:"闻罗贯中有十七史演义,今惟《三国〔志〕演义》流行最广",接着又加小注云:"据陈鼎《黔滇纪游·关索岭考》,则以《三国〔志〕演义》为王实甫作,不知何本?"(《小说林》卷一)这里姑且勿论"十七史演义",黄人显然认为罗贯中是《三国志演义》的编撰者,而仅以怀疑的眼光在小注中附存陈鼎的"王实甫作"之说。

其实，这部古代长篇小说《三国志演义》的原编撰者，不可能是杂剧家王实甫。王实甫的创作与《三国志演义》除表现样式外，在艺术上还有诸多大不相同处。（一）从创作题材来看，所见今存王实甫杂剧描写爱情婚姻故事较多，善于演叙"儿女风情"，如名剧《崔莺莺待月西厢记》表现青年男女恋爱题材，《吕蒙正风雪破窑记》乃写爱情婚姻家庭故事等，而《三国志演义》则写铁马金戈的军国兴废争战之事。（二）从人物及其思想来看，王实甫擅长于塑造不同女性的典型形象，以鲜明性格来表现其反抗宗法制度下的礼教观念；而《三国志演义》则主要刻画帝王将相及文武各色人物，以显示其对古代君主制度下的贤明政治理想的追求与对英雄主义精神的向往。（三）从行文风格来看，明代戏剧家朱权（1378—1448）指出王实甫的创作"如花间美人"，又说他"铺叙委婉，深得骚人之趣。极有佳句，若玉环之出浴华清，绿珠之采莲洛浦"（《太和正音谱》）。贾仲明也赞他："风月营，密匝匝列旌旗。莺花寨，明飚飚排剑戟。翠红乡，雄赳赳施谋智。作词章，风韵美，士林中等辈伏低。新杂剧，旧传奇，《西厢记》天下夺魁"（天一阁抄本《录鬼簿》）。其他曲学家评论《西厢记》亦曾多有类此言语，如明何良俊说"《西厢》全带脂粉"，明王世贞说它是"一部烟花本子"，明陈继儒说是"一轴风流画"。近代曲学家吴梅《中国戏曲概论》说："王实甫作《西厢》，以研炼浓丽为能"，称他"创为研炼艳冶之词"。而《三国志演义》的作风则与之显然迥异。所以，近代著超在《古今小说评林》就指出："《新义录》以《三国》亦王实甫所著，实甫系词章名家，谈吐似不类。"

"王实甫作"之说缺乏可信的历史文献支持，所以现代以来便很少再有人提及了。

近年又有学者提出《三国志演义》作者为明蒋大器的说法。张国光《〈三国志通俗演义〉成书于明中叶辨》认为，此书为小说史上第一部成熟的作品，"拙见以为这部七、八十万字的长篇，不可能出现于明初，它当是十五世纪末才完成"，推测"为此书写序的庸愚子蒋大器很可能就是它的作者"（《社会科学研究》1983 年 4 期）。张国光此说缺乏实据，故亦未为学术界所承认。

根据明代有关文献记载以及早期刊本的题署与簿录，这部古代小说《三国志演义》的编撰者应该是罗贯中。

第一，文献记叙。今见最早的记录是明弘治七年（1494）的庸愚子（金华蒋大器）《三国志通俗演义序》，指出昔时瞽者演说野史评话，而至"东原罗贯中以平阳〔侯相〕陈寿传，考诸国史，……留心损益，目之曰《三国志通俗演义》"。明嘉靖二十七年（1548）元峰子《三国志传加像序》也说史书《三国志》述事"以为劝戒"，"而罗贯中氏则又虑史笔之艰深，难于庸常之通晓而作为传记"。明代学者为其他小说作序时而曾旁及，也多有类似说法。如题林翰《隋唐两朝志传》序径称："《三国志〔演义〕》罗贯中所编"；题杨尔曾《东西晋演义》序亦云"以通俗谕人，名曰演义，盖自罗贯中《水浒传》《三国传》始也"。如此等等，将《三国志演义》的著作权归之于罗贯中。

文学家郎瑛（1487—1566）《七修类稿》（明嘉靖间刊本）卷二十三载："《三国》《宋江》二书，乃杭人罗本贯中所编。予意旧必有本，故曰编。"胡应麟（1551—1602）《少室山房笔丛》卷四一谈《水浒传》时，说"罗本亦效之为《三国志演义》"。钱谦益（1582—1664）《重编义勇武安王集》卷七《正俗考》也说："钱塘罗贯中撰《三国志通俗演义》"。

这里姑且先勿论其籍贯问题，但是郎瑛等肯定罗贯中乃为《三国志演义》的编撰者是了无疑义的。

第二，书目簿录。今见最早的书目著录是明嘉靖十九年（1540）自序本的高儒《百川书志》，其卷六《史部·野史》载："《三国志通俗演义》二百四〔十〕卷，晋平阳侯〔相〕陈寿史传，明罗本贯中编次。"高儒的私家藏书簿录已经记载了《三国志演义》并确认原编撰者就是罗贯中。

第三，诸明刊本卷首题署。今见早期刊本如甘肃省图书馆藏明嘉靖元年（1522）序刊本《三国志通俗演义》卷首题"后学罗本贯中编次"（这里所录只取罗贯中名字一行，凡其前后无关文字，俱不收录），西班牙马德里爱斯高里亚尔修道院藏明嘉靖二十七年（1548）序刊本《三国志史传》卷首题"东原罗本贯中编次"，日本名古屋蓬左文库藏明隆庆或至万历初年间夏振宇刊本《三国志传通俗演义》卷首题"后学罗贯中编辑"，马廉旧藏明万历十九年（1591）周曰校刊本《三国志通俗演义》卷首题"后学罗本贯中编次"，日本京都建仁寺两足院藏明万历二十年（1592）余象斗刊本《批评三国志传》卷首题"东原贯中罗道本编次"，中国国家图书馆藏明万历间汤宾尹校本《通俗三国志传》卷首题"东原罗贯中编次"，原北平馆藏明万历二十四年（1596）熊清波刊本《三国志全传》卷首题"东原罗本贯中编次"等等。这些明刊本都明白无误地记载《三国志演义》为罗贯中编撰，尽管所题署的或只存其名或名字稍有些微差异。

由上可见，罗贯中为此书的编撰者，乃是可以确认的。

第二节　罗贯中的年里和著作

《三国志演义》编撰者罗贯中名本，号湖海散人。很多明刊本卷端题署"罗本贯中"，但也有个别刊本稍具异同，如余象斗刊本作"贯中罗道本编次"、宝华堂印六卷本作"罗贵志演义"。这里将"罗本"衍误作"罗道本"，将"罗贯中"误作"罗贵志"。也有的纪录，将"罗贯中"脱误作"罗贯"；又有将编撰人名的"本"字或作"木"，或作"牧"的[1]，疑亦乃当舛互。至于罗贯中的年里等问题，载籍所记失详，学术界也众说纷杂。

第一，罗贯中的生活年代。

明代以来就有诸多的说法。这个涉至他的著述时代及中国小说发展之历史进程的重要问题，现在一时还难以作出准确的断定。尽管如此，这里乃将所见各说先罗列于下，以便于学者了解和进一步研究。

（一）南宋或宋元间说。明田汝成《西湖游览志余》云："钱塘罗贯

---

[1]　谢无量《平民文学之两大文豪》第一编在"罗本"名下，注云："本或误作木，或误作牧。"（上海商务印书馆国学小丛书本，1923年6月）时已有人将罗本误作了"罗木"或"罗牧"。按谢无量此书后改题《罗贯中与马致远》（上海商务印书馆万有文库本，1930年4月），仍保留此注。其后，郑振铎《罗贯中及其著作》也说："其名或有作牧，或木的"（《青年界》一卷一期，1931年3月）；郑先生又在《中国小说八讲》之第四讲提纲再作"罗贯中——本——木（牧）"（《光明日报》1959年10月18日）。谭正璧《中国小说发达史》第六章，亦说罗贯中"其名或有作牧，也有作木的"（上海光明书局，1935年8月）。按"罗木""罗牧"之说，未知所出何处。又见明《续文献通考》云："《水浒》者，罗贯著，贯字贯中，杭州人。"明刊本《水浒志传评林》卷端署"中原贯中罗道本名卿父编集"。按"罗贯""罗道本"云云，疑有讹夺。故何心《水浒研究》谓之"恐不可信"（上海古籍出版社，1985年9月）。

中本者，南宋时人，编撰小说数十种……"（卷二十五）。明《绣谷春容》也说："钱塘罗贯，南宋时人"（卷六《嘉言撷粹》）。今人周邨《书元人所见罗贯中〈水浒传〉和王实甫〈西厢记〉》以为：罗贯中是"宋元间人"，"而入元时间且是较短于南宋时"（《江海学刊》1962 年 7 期）等。又见明《北宋三遂平妖传》（四十回本）卷端题"宋东原罗贯中编"。

（二）元代或跨于元明二代之间说。说罗贯中是元人的学者，如谢无量《平民文学之两大文豪》称他"元朝的人"（上海商务印书馆国学小丛书本）。何心（陆澹安）《水浒研究》列举诸说后，指出"总而言之，罗贯中定然是元朝人，也许明初他还活着，所以周亮工说他是洪武初人，但是绝对不会是南宋人"。又见于一些《三国志演义》刊本的卷端，如明杨美生刊本题"元东原罗贯中演义"，明刘荣吾刊本题"元东原罗贯中演义"，明魏氏刊本题"元东原罗贯□□□"，明熊飞刊《合刻三国水浒全传》（二刻英雄谱）之《三国志》题"元东原罗贯中演义"，宝华楼印六卷本《三国英雄志传》题"元东原罗贵志演义"等。

许多学者认为罗贯中生活于元明间，也还有人进而各作互存差异的具体推算。如冯其庸《论罗贯中的时代》提出"罗贯中大约是生在元元贞元年（1295）前后，死于明洪武十二年（1379）前后，活了八十五岁左右"（《江海学刊》1963 年 7 期）。袁世硕《明嘉靖刊本〈三国志通俗演义〉乃元人罗贯中原作》，推定罗贯中生活在"公元 1300—1370 年"即元大德四年至明洪武三年间（《东岳论丛》1980 年 3 期）。欧阳健《试论三国志通俗演义的成书年代》将罗贯中的"生年定为 1315—1318 年，卒年相应定为1385—1388 年"（《三国演义研究集》，四川省社会科学院出版社，1983年 12 月）。陈铁民《〈三国演义〉成书年代考》注七说："他（罗贯中）

的生活年代应为 1323—1393 年"（《文学遗产》增刊十五辑，北京中华书局，1983 年 9 月）。郑振铎《罗贯中及其著作》曾指出"大约他生于元，而卒于明洪武间的一个假定，是比较的可信的"（《青年界》一卷一期，1931 年 3 月）；后来在《中国小说八讲》之第四讲中，推算其"生卒约为1330—1424"（《光明日报》1959 年 10 月 18 日）。鲁迅《中国小说史略》说：罗贯中"盖元明间人（约 1330—1400）"（通行本）。冯沅君《〈三国志演义〉刍论》也说；罗贯中"生活于十四世纪三十年代到该世纪末"（《山东大学学报》1959 年 4 期）等。其中有些推断的生年是相近的。

（三）明代说。明高儒《百川书志》卷六著录《三国志通俗演义》："明罗本贯中编次"（上海古典文学出版社，1957 年 6 月）。清周亮工《因树屋书影》卷一："《水浒传》相传为洪武初越人罗贯中作"（上海古典文学出版社，1957 年 8 月）。

以上诸说，有的离实际情况甚远（如宋人说），而其中也有较为合理的推想。现据罗贯中"忘年交"的《录鬼簿续编》编者[①]记载，称"罗贯中，

---

① 抄本《录鬼簿续编》，1931 年在宁波天一阁发现。此书未题撰人，因附于贾仲明增补本《录鬼簿》后，所记事又与贾仲明年代较近，故有学者认为《续编》亦为其作。但是细加审察，似非贾撰。其一，贾仲明在增补本《录鬼簿》卷首撰有《书录鬼簿后》一文，只说他对钟嗣成《录鬼簿》所缺挽曲的剧作家"自关先生（汉卿）至高安道八十二人"补撰了吊词，根本未提写《续编》之事。其二，贾仲明是"淄川"人（其《书录鬼簿后》自署"淄川八十云水翁贾仲明"），倘若《续编》为贾作，则书上其小传不应含糊仅说"贾仲明：山东人"。按《续编》对所交往或了解的剧作家多记及其原籍的具体府县，如说某饶州人、嘉禾人、象山人、广陵人、宛平人、钱塘人、金陵人等，而仲明"自撰"小传却如何反不记其本籍"淄川"？其三，《续编》贾仲明小传颇多夸耀语，如说"天性明敏，博究群书"；又称"公丰神秀拔，……量度汪洋"（按如自称亦不当许己作"公"），"一时侪辈，率多拱手敬服以事之"云云，其声口似不出仲明"自道"。又考贾氏《书录鬼簿后》乃见其自谓"才浅名轻"，"勉强次前曲以缀之"云云，颇多谦词。故此《续编》编者与贾氏当非同一人。《中国古典戏曲论著集成·录鬼簿续编提要》说此书乃为"明初无名氏著"，甚当。

太原人。号湖海散人。与人寡合。乐府隐语，极为清新。与余为忘年交，遭时多故，各天一方。至正甲辰复会。别来又六十余年，竟不知其所终"（《中国古典戏曲论著集成二》，中国戏剧出版社，1959 年 7 月）。《续编》对罗贯中的生卒年虽然未作具体记载，却倒也可以从中推出他生活年代的大概时间段。罗贯中既然与《续编》编者是"忘年交"，其间年龄差如果假设为十多岁至二十岁左右的话，那么罗贯中在"至正甲辰复会"时约当三十几至四十岁光景。按"至正甲辰"即元顺帝至正二十四年（1364），由此上推，计罗贯中当生于元代中叶；再下推，当卒于明代初期。所以，周楞伽在《关于罗贯中生平的新史料》一文中，重新肯定"鲁迅和郑振铎所说'盖元明间人'。即由元入明的元末明初人"；还说："鲁迅和郑振铎定罗贯中的生卒年为 1330—1400，是不无理由的"（《三国演义与中国文化》，巴蜀书社，1991 年 9 月）。因此，在可靠而有具体记载的新文献史料发现前，笼而统之说罗贯中是元末明初人，应该是可以接受的。

第二，罗贯中的本籍与流寓地。关于罗贯中的出生地与活动区域，记载亦多歧异，学术界存在不同的争议。

《录鬼簿续编》说："罗贯中，太原人"，蒋大器《三国志通俗演义序》称"东原罗贯中"，而田汝成则谓"钱塘罗贯中本者"（《西湖游览志余》）、王圻说"（罗）贯字贯中，杭州人"（《续文献通考》）、郎瑛也以为《三国》等书"乃杭人罗本贯中所编"（《七修类稿》）、周亮工又说"越人罗贯中"，旧本《说唐全传》署"庐陵罗本撰"等等。这里所记罗贯中籍贯多处，地有南北之分。其实，当时北方作家多有久居浙江而称"杭州人"者。王国维《宋元戏曲史》说："（元代）至中叶以后，则剧家悉为杭州人。中如宫天挺、郑光祖、曾瑞、乔吉、秦简夫、钟嗣成等，虽为北籍，亦均久居浙江。"指出当时"悉为杭州人"中，有些是"北人而侨寓南方者也"，即"久居浙江"的"北籍"剧作家。罗贯中之被称为"钱塘""杭州人""越人"等，亦是如此。此乃当时之习俗也，不必以为怪。

罗贯中的本籍有两说：太原与东原。学术界有所争议，这里便多费些口舌。

先看"太原"说。在所见载籍中，只有抄本《录鬼簿续编》叙"罗贯中：太原人"。《续编》的记述有他书所稀见的重要史料弥足珍贵，但是错讹的字句也很多。原中国戏曲研究院整理时，从这个篇幅无多的很薄抄本中竟发现"脱字、衍文、以及错讹的字句"达五十一处（见《中国古典戏曲论著集成二》该续编《校勘记》）。因此，对于《续编》资料的使用既要重视，又应该十分慎重。以下仅从两个方面的问题来举例见之。例一，人名的错误。《续编》小传载"汪元亨：饶州人。浙江省掾。后徙居常熟。至正门，与余交于吴门"。考明《寒山堂曲谱》引汪剧《父子梦栾城驿》注云："浙江省掾常熟汪元亨著"，可证小传里的"汪元享"乃"汪元亨"之抄误（按汪传中的"至正门"亦当作"至正间"）。汪元亨是《续编》编者的友人（"与余交于吴门"），这里居然连友人的名字都抄错。又如抄录《青楼集》作者云"夏伯和：号雪蓑钓。松江人"。按北京大学藏清赵魏（晋斋）抄校本《青楼集》作者自署"至正庚子四月既望雪蓑钓隐谨志"，明《古今说海》所收《青楼集》署"雪蓑钓隐辑"，清瞿镛《铁琴铜剑楼藏书目录》亦记《青楼集》作者题"雪蓑钓隐辑"。可见《续编》夏庭芝（伯和）之号"雪蓑钓隐"被误作"雪蓑钓"而下脱一个"隐"字。例二，戏曲名目的错误。如将贾仲明杂剧《玉梳记》的正名"荆楚臣重对玉梳记"误抄作"荆楚臣重学玉梳记"，今查《元曲选》等明本刊载此剧的正名都不作"荆楚臣重学玉梳记"（明《柳枝集》所刊此剧版心略名作《重对玉梳记》），可见《续编》将"重对"误作了"重学"。总之，抄本《续编》错字很多，甚至还将编者友人的名字也抄错了。而今所见罗贯中是"太原人"的说法只出于这个错字丛生的《录鬼簿续编》传抄本，人们难免对其间所抄录文字的真实准确性不能不存疑虑，在寻到其他可靠的典籍记载作为强有力的旁证前，实在无可轻易认从。所以，"太原人"说现在还只是个尚待于坐实之悬案。

再看"东原"说。最初见于明蒋大器为传抄本而写的《三国志通俗演义序》指出，前代以野史为评话，至"东原罗贯中"考诸国史，留心损益而成书之。后来诸多明刊本《三国志演义》也在卷端编撰者署名之上冠以籍贯"东原"。如叶逢春刊本题"东原罗本贯中编次"，余象斗刊本题"东原贯中罗道本编次"，熊清波刊本题"东原罗本贯中编次"，汤宾尹校本题"东原罗贯中编次"，郑少垣刊本题"东原贯中罗本编次"，杨美生刊本题"元东原罗贯中演义"，熊冲宇刊本题"东原贯中罗本编次"，刘荣吾刊本题"元东原罗贯中演义"，熊飞刊二刻英雄谱之《三国志》题"元东原罗贯中演义"，魏氏刊本题"元东原罗贯□□□"等。除上述这些明刊本《三国志演义》端题编撰者署名上所加籍贯"东原"外，还见于其他题为罗贯中编撰或参与编撰的明清小说刊本。如明刊《隋唐两朝志传》题"东原贯中罗本编辑"，明刊《三遂平妖传》（二十回本）题"东原罗贯中编次"（按四十回本"东原"上有一"宋"字），清刊一百十五回本《忠义水浒传》署"东原罗贯中编辑"，清刊一百二十四回本《水浒传》署"东原罗贯中参订"等等。今考察所见凡题罗贯中著述的刊本（暂且勿论其题名的真实性），除了卷端署名上不带籍贯地外，乃可发现在署名之上凡冠有籍贯处，竟然俱冠以"东原"而没有加"太原"的。在版本记录上，如此之多的题署言之凿凿地将罗贯中与"东原"地名相连接而不同"太原"发生任何联系，这是不容读者忽视的问题[①]。

综上所述，长篇小说名著《三国志演义》编撰者罗贯中名本，别号湖海散人。东原（或疑太原）人，长时间寄寓杭州。生活于元末明初间（约14世纪30年代至该世纪末）。"当是跨于元、明二代之间的一位作家"（郑振铎《三国志演义的演化》）。

第三，罗贯中的著述。

罗贯中的著述甚多，但是情况也十分复杂。

在杂剧创作方面，见于《录鬼簿续编》著录三种，其中《忠正孝子连环谏》（简名《连环谏》。按庄一拂《古典戏曲存目汇考》卷五以为此剧正名"'正'疑'臣'之误"，即"忠正"乃"忠臣"之误）、《三平章死哭蜚虎子》（简名《蜚虎子》）两种已佚。今有传本《赵太祖龙虎风云会》（简名《风云会》）一种，题目作"伏降四国咨谋议，雪夜亲临赵普第"，正名作"君相当时一梦中，今朝龙虎风云会"。本事出《宋史·赵普传》，收入明脉望馆校藏《古名家杂剧》本，今存中国国家图书馆。剧中雪夜访赵普一折，载入《集成曲谱》，至今犹演唱不绝。有京剧《雪夜访普》（一名《君臣谋》，亦名《风云会》），川剧有《访普》，弋腔有《风云会》，湘剧、汉剧等亦都有此剧目。

---

① 余象斗刊本《忠义水浒志传评林》（藏日本日光慈眼堂）题"中原贯中罗道本名卿父编集"。对于"中原"，严敦易《水浒传的演化》说："闽本称'中原'，可能为'东原'之误，但也许是福建人称呼北方人的一种概括口气。"何心《水浒研究》也认为这里"'中'疑是'东'之讹"。查余象斗所刊《批评三国志传》正作"东原贯中罗道本编次"，可见其"中原"乃"东原"之误。

在小说编撰方面，明田汝成《西湖游览志余》卷二十五说他"编撰小说数十种"（明王圻《续文献通考》、清雷琳等《渔矶漫钞》同）。除名著《三国志演义》外，所见题署罗贯中编撰或参与编订的小说，还有：

（一）《水浒传》，《续文献通考》云："《水浒传》，罗贯著。"其他明人也有类此记载①。明清书目有所著录，如明高儒《百川书志》卷六云："《忠义水浒传》一百卷，钱塘施耐庵的本，罗贯中编次"；清钱曾《也是园书目》卷十云："旧本罗贯中《水浒传》二十卷"。见于版本，如一百回天都外臣序本署"施耐庵集撰，罗贯中纂修"；一百十五回本署"东原罗贯中编辑"；一百二十回本署"施耐庵集撰，罗贯中纂修"（藏北京大学等）；一百二十四回本署"东原罗贯中参订"；《忠义水浒志传评林》署"中原贯中罗道本名卿父编集"等。按当代学者一般倾向于认为《水浒传》乃施耐庵作，但据明人记叙和一些版本题署，罗贯中似在成书编撰过程中，亦当参与"纂修"或"编订"工作。

（二）《隋唐两朝志传》十二卷本题"东原贯中罗本编辑"（藏日本尊经阁文库）。按林瀚序称"知（此志传）实亦罗氏原本"；孙楷第谓此书"似所据为罗氏旧本"，又说"此多仍罗氏旧文，故语浅而可喜"（《日本东京所见中国小说书目》卷三）。

（三）《残唐五代史演传》六十则本题"贯中罗本编辑"。孙楷第说"《残唐五代》今署'罗贯中'，容系旧本"（见《日本东京所见中国小说书目》卷三）。

---

① 如明郎瑛《七修类稿》卷二十三云："《三国》《宋江》二书，乃杭人罗本贯中所编。予意旧必有本，故曰编。《宋江》，又曰钱塘施耐庵的本。……"按这里所说"宋江"，即指《水浒传》。又该书卷二十五说，宋江三十六人事，"罗贯中演为小说，有替天行道之言"。

按柳存仁《罗贯中讲史小说之真伪性质》说："《隋唐两朝志传》及《残唐五代演义传》亦可能为其著作，然现存本已经他人窜改。"（《和风堂文集》，上海古籍出版社中华学术丛书本，1991 年 10 月）。

（四）《三遂平妖传》四卷二十回本题"东原罗贯中编次"（藏北京大学、日本田中庆太郎），按孙楷第《中国通俗小说书目》卷五谓"此为罗贯中原本"。又《北宋三遂平妖传》四十回本，题"宋东原罗贯中编"（藏日本内阁文库）。

以上诸本小说虽然仍署名为罗氏编修，但是实际上已经由他人重新整理。不过，其中的基本思想倾向及一些主要人物的若干重要故事情节还是被保留了下来。

相传罗贯中还有不少其他的小说著述。

从现存作品来看，罗贯中创作的主要特点是：（一）擅写历史上的争战兴替题材，以借古而鉴今。在杂剧《风云会》中，作者指出"论春秋可鉴兴亡"。为了现实的"世道之兴亡可鉴"，罗氏编写了大量的历史小说，相传有十七史演义之作①。（二）揭露与抨击古代君主专制社会的腐朽势力，提出了"涂炭生民谁拯救，何时正统立中华"问题。这不仅是《风云会》杂剧所写的，而且也是罗氏历史小说创作的中心内容。（三）基本创作思想倾向是追慕古代仁君贤相的儒家理想，但也表现出朴素的平民民主主义思想色彩。《风云会》杂剧既写赵匡胤为"法宗尧舜禹汤文武"的"圣主"，而辅佐他得天下的赵普也是一个以半部《论语》"平治天下"的贤相。同时，

---

① 郑振铎《三国志演义的演化》说："他（即罗贯中）的小说，相传有十七史演义的巨作。今虽未必俱存于世，然如今存的列国志传、东西汉、南北史、三国志、隋唐志传、五代志传等等都有为他所写的痕迹存在。"又说"此外，又有好几部英雄传奇，如水浒传、平妖传、粉妆楼等等，相传也为罗氏所著"（《中国文学研究》上，作家出版社，1957 年）

又写赵匡胤自称"本是粗鲁寻常百姓家",为"众兄弟"立为"大宋皇帝"后,"贫贱交不可忘",仍然待群臣如手足。罗贯中创作的这些特点,都鲜明地表现于他的历史小说,尤其在《三国志演义》中得到充分的体现。

第三章 《三国志演义》明刊本

作家罗贯中所编撰的《三国志演义》问世后，时人"争相誊录，以便观览"。于是，这部长篇小说便不胫而走。初时，小说一直以手写本的方式在士人间辗转传抄，到明嘉靖元年（1522）才付之版刻。此后出现了官刻或私刻的几多刊本，至明万历期间诸本更见频繁刻印。明万历十九年（1591）金陵书坊周曰校刊本识语指出："是书也，刻已数种。"次年，建阳书坊余象斗也在其刊本的封面识语中说"《三国》一书，坊间刊刻较多"；又在该书《叙》之上栏，特撰简短文字《三国辩》指出"坊间所梓《三国》何止数十家矣"，当时建阳书坊还已经有了连环画式的"全像"插图本。

今所知见之藏于海内外公私家的明刊本，计可达三十余种（包括残本及翻明的清初刊本）。现在依据所能查得的文本之组织结构形态，划分为若干版本群（必要时，再根据故事情节、细节文字描写等异同，在各版本群中又可酌情区别出"种""门""派"等），现存这些明刊《三国志演义》，计分为：

（一）二十四卷版本群：有通常所称的明嘉靖元年（1522）序刊本《三国志通俗演义》，明夷白堂刊本《三国志传》（版心《三国志》），清初遗香堂刊明崇祯间梦藏道人序本《三国志》等；

（二）十卷版本群：明叶逢春刊嘉靖二十七年（1548）元峰子序本《三国志史传》等；

（三）十二卷版本群：明夏振宇刊本《三国志传通俗演义》，明万历十九年（1591）周曰校刊本《三国志通俗演义》，明郑以桢刊本《三国志演义》等；

（四）二十卷版本群：明万历二十年（1592）余象斗刊本《批评三国志传》，明万历间余象斗又刊《三国志传评林》，明万历二十四年（1596）熊清波刊本《三国志全传》，明万历三十一年（1603）熊佛贵刊本《三国志史传》，明万历三十三年（1605）郑少垣刊本《三国志传》，明万历三十八年（1610）杨春元刊本《三国志传》，明汤宾尹校本《通俗三国志传》，明万历三十九年（1611）郑世容本《三国志传》（郑少垣刊本之翻印），明万历四十八年（1620）费守斋刊本《三国志传》，明朱鼎臣辑本《三国志史传》，明杨美生刊本《三国英雄志传》，明万历间刘龙田刊本《三国志传》，明熊冲宇刊本《三国志传》，明刘荣吾刊本《三国志传》，明魏氏递修本《三国英雄志传》，明美玉堂刊本《三国英雄志传》（残卷仅藏德国魏玛），明天启三年（1623）黄正甫刊本《三国志传》，明建阳某氏刊《三国志传》（残存），明崇祯间熊飞刊《三国水浒全传》（二刻英雄谱）之《三国志》等（按二十卷版本群依文本中关索故事之出现时间，又可分为甲种本、乙种本。参见拙作《关于美国藏朱鼎臣辑本三国志史传》）；

（五）六卷版本群：清初宝华楼递修本《三国英雄志传》等；

（六）一百二十回版本群：有题明李卓吾评本《批评三国志》，题明钟伯敬评本《批评三国志》等。

此外，还见上海图书馆所藏残叶，按此残叶之原刻当在明嘉靖元年（1522）后，疑非闽刻，乃属《三国志演义》早期刊本无疑，但未知其分卷情形（岑桦：《上海残存早期刊本散叶》，载《三国志演义古版丛刊续辑》第二册，中华全国图书馆文献缩微复制中心，2005 年 7 月）。

第一节　嘉靖元年序刊本

罗贯中《三国志演义》这部小说，最初的刊刻时间是在明世宗嘉靖元年。

明修髯子张尚德《三国志通俗演义引》说，时人读此书"简帙浩瀚，善本甚艰"（按这里所谓"善本"即指"缮本"[①]）。其前，明弘治间已有"争相誊录"之本流传（蒋大器《三国志通俗演义序》），约至近三十年后，读者阅览这部巨编仍然还要靠人手来抄写而一直深感"甚艰"之不便。于是张尚德乃借称有客者求云："请寿诸梓，公之四方"，从此才始有刻本。张尚德此《引》是记载《三国志演义》最初刊行的文献，撰作于明世宗嘉靖元年壬午（1522），因而可以称这个始刊本为嘉靖元年刊本。但是，当今藏于海内外诸处的所谓"嘉靖元年刊本"，据调查所见，其实并非原刻

---

① "善本甚艰"，这里的"善"字通"缮"。夏振宇刊本《三国志传通俗演义》亦载修髯子张尚德此《引》，正作"缮本甚艰"。意思是说，抄录这部"简帙浩瀚"的小说巨著，工作非常辛苦。"缮"即抄录也。《后汉书》卷八十四董祀妻（蔡琰）传载，曹操问"闻夫人（蔡琰）家先多坟籍，犹能忆识之否？"蔡琰答："今所诵忆，裁四百余篇耳。"她"乞给纸笔"，"于是缮书送之"。蔡琰"缮书"，即录存原先家藏的部分图书典籍（坟籍）。

初印，乃是该刊本的递修本或翻印本①。尽管如此，这些载有张《引》的二十四卷藏本无论是递修或翻刻，俱出于原刻，因此也还可以姑且称为"嘉靖元年序刊本"（以下略称之嘉元序本）。

明嘉元序本与其他明刊本在某些内容和文字上有所异同，尽管各自都对编撰者罗贯中的原著进行过程度不同的修改，俱已并非初始面目。但是，这部刊本梓行于明嘉靖间，毕竟是很早的版本，保存一定的原先成分，仍然具有很高的研究参考价值。从某种意义来看，还可以说这部刊本也是探索罗贯中所编撰小说《三国志演义》的重要途径之一。以下简要地谈谈嘉元序本的一些重要版本情况，以及这部小说思想和艺术方面的成就。

第一，甘肃省图书馆藏本及其他明嘉元序本。

明嘉元序本今存甚多，其中以甘肃省图书馆藏本（以下略称甘图藏本）尤为著称，已被选为国家珍贵古籍名录。所见甘图藏本首卷端题"三国志通俗演义卷之一"，"晋平阳侯（侯下误落一相字，诸本多同）陈寿史传"，"后学罗本贯中编次"。大字，原二十四卷（缺第十六、十九、二十二册，已用影印本配补）。半叶九行，行十七字。板心刻"三国志卷之几"，叶次。卷首存《三国志通俗演义序》五叶，末署"弘治甲寅仲春几望庸愚子拜书"，后有"金华蒋氏""大器"二印，可见此序作者"庸愚子"即金华人蒋大

---

① 上海涵芬楼 1929 年影印本，封面题"明弘治本三国志通俗演义"。按涵芬楼曾借日本文求堂田中所藏本，后又购得前半部配补之，乃影印成全书。因底本缺嘉靖元年《引》而仅存弘治序，影印本遂误题之。经比勘而见，所谓"据明弘治本景印"，其实是嘉元序本的后印本。参见拙作《三国志演义古版汇集序》（载该汇集之《西班牙藏叶逢春刊本三国志史传》书前，国家图书馆出版社，2009 年 8 月）。又，甘图藏本原书亦脱嘉元《引》。对于通常所谓"嘉靖本"，〔英〕魏安《三国演义版本考》也说："我们可以肯定嘉靖本非嘉靖元年修髯子《引》的原本而是后来的子孙本。嘉靖本的存本很多，恐怕不一定都是嘉靖间的原刊本，而其中一部分的藏本可能是晚明的翻印本。"其他一些学者也有类似的看法。

器，撰于明孝宗弘治七年（1494）二月十五日之前。又次为《三国志宗僚》二十一叶，再次为本书卷一目录。但脱张尚德《引》，故曾被误认为"弘治本"。此本现存处，见蒋大器序之题下钤有"甘肃省图书馆藏书"朱印一枚。按此书入藏大西北以前，曾在吴中流传。今见首卷端题下，钤"寿祺读书""杨寿祺珍藏"朱印二枚，故知曾为杨寿祺家藏珍品。在卷前多处空白之行间，还见当时政界要人及学界名流等十多人曾经鉴赏而加题记。这些鉴赏题名者，大体上包括三类人物。其一，名重当时的学者：如此本目录后第三行写"戊辰（1928）嘉平三日群碧居士邓邦述观"（下钤"正闿经眼"印）。按邓邦述为清末民初的著名藏书家，清光绪二十四年（1898）进士，历任翰林院编修等，精于鉴赏和版本，收藏大量名贵古籍，居苏州间专事著述，有《群碧楼善本书录》等。又此本目录后第六行写"己巳（1929）元月诵芬室主人董康观"（下钤"董康"印）。按董康为著名藏书家、刻书家，清季进士，性喜搜藏图书，长于目录学，其"诵芬室"所藏以宋元及明嘉靖以前的古本为主，亦藏有大量的民间戏曲小说，曾辑补《曲海总目提要》《日本内阁文库藏小说戏曲书目》等为人称道。此本蒋大器序后第一行写"民国十有七年岁次戊辰孟冬既望武进涉园居士陶湘观"（下钤"陶兰泉"印），又此本《三国志宗僚》题下第二行写"戊辰冬季无锡丁福保假观"（下钤"丁福保印"）。按陶湘、丁福保等俱是学界名称遐迩一时的人物。其二，政界要人和社会名流：所见此本蒋大器序首行下，写"（民国）十七年十一月／于右任观"（下钤"右任"印），按于氏为中国国民党元老、著名书家，"十七年"即公元1928年。此本卷一目录题下写"戊辰小除夕合肥李经迈观"（下钤"迈"印）。按李经迈字季高，李鸿章三子，清末曾为出使比利时大臣等。又此本蒋序后第二行，写"民国十七年十月大理张耀曾腾冲李根源观"（下钤李字"印泉"章）。按李根源（字印泉），民国初年曾任军政部总长，后任陕西省长，有《虎阜金石经眼录》《曲石庐藏碑目》等。其三，苏州地方贤达：所见此本目录后之第二、四行分别写："戊辰冬腊月东吴张一麟观"（下钤"张一麟"印）、"戊辰岁涂月平江遗民吴荫培观"（下有印）。苏州是人才辈出、学术大师云集的历史文化名城，民国间《吴县志》（苏州治所）的总纂如吴荫培、张一麟都是德高望重的硕学之士（按吴荫培乃清光绪十六年探花）。他们也都观赏了这部嘉元序本。此外，还见其他鉴赏者，如所写的"戊辰十二月江东枯木陶仲木观并记"（下钤"仲木""陶"二印）、"戊辰腊月姚江谢永耀观"（下钤"光甬"印）、"戊辰嘉平月剑川周钟岳观"（下钤"周钟岳"印）等。可见甘图所藏嘉元序本曾经名流寓目鉴阅，弥足珍贵。

除甘图藏本外，嘉元序本在中国大陆还为上海图书馆、天津图书馆与中国社会科学院文学研究所收藏。1974年北京人民文学出版社曾经影印此书。这部影印本以上海图书馆藏本为主要底本，"上图"所藏底本中残破和字迹模糊的部分则以甘图藏本相应的书叶配补。影印时，还对原藏本有些书叶进行不必要的修版并删除后人的批改文字。故此影印本不可视之同于原藏本。本书以下引用之，则略称其为人文影本。

又，今台北"故宫博物院"存有原国立北平图书馆旧藏一部。据原北平馆旧卡片原始记录：

三国志通俗演义廿四卷

晋陈寿史传　元罗本编次

嘉靖元年刻本

48 册　登录号 673　来源　文禄堂购入　书价　洋柒百元正

（民国）18（年）·11（月）·20（日）

据此，原北平旧藏本是 1929 年冬从北平琉璃厂文禄堂购得，共 48 册，付资 700 银元。抗日战争初起，为确保馆藏善本安全，此书随同其他古籍一起南迁，至 1941 年底辗转运往美国国会图书馆保存。1965 年，这批古籍善本移台北"故宫博物院"庋藏。王重民曾在美国国会图书馆阅览此书，不缺修髯子张尚德引。王氏认为明刘若愚《内板经书纪略》所说《三国志通俗演义》"即此书"，于是著录作"明嘉靖间司礼监刻本"。（王重民《中国善本书提要》，1983 年上海古籍出版社第 401 页）确否？待考。

另外，敝人旅美时曾见缩微胶卷，乃为美国耶鲁大学图书馆所藏明嘉元序本卷七、卷八。胶片上有"七品官耳"（卷八）"德富氏／珍藏记"（卷八）等印。按清代书画家、文学家郑燮，号板桥，为"扬州八怪"之一，曾官山东潍县等知县，故治印自我调侃"七品官耳"。可知此残本原为郑板桥囊中物。日本人田中氏购之中国，又转售于德富苏峰氏成箦堂（孙楷第《日本东京所见中国小说书目》卷三），最后为美国耶鲁大学图书馆收藏。

第二，艺术创作构思：表章诸葛与以"隆中对"为"主脑"。

罗贯中《三国志演义》是在前代说书、戏曲等基础上重新编撰出来的一部长篇小说，同元代《三国志平话》一样都具有强烈的"拥刘反曹"思想倾向，但是平话中最活跃人物是张飞（前半部）和诸葛亮（后半部）两个人，而《三国志演义》则是通过"表章诸葛"来表现其倾向的。近代弇山樵子曾经指出"《三国》之帝蜀黜魏，表章诸葛"，这才是罗贯中"作书之本意"（《红楼梦发微》）。从嘉元序本来看，罗贯中所描写的诸葛

亮这个人物进入刘备集团以后，便成为这个集团的最高决策者，实际上的
政治领袖和真正的军事统帅，而他对刘备集团的事业始终忠贞不二，可以
说是这个集团的代表。小说中的"帝蜀黜魏"即"拥刘反曹"思想倾向，
主要是通过"表章"这个全书的中心人物体现出来，而且色泽更为浓重。
这是《三国志演义》亮出的一道异彩。

　　不仅如此，这部小说编撰者罗贯中在创作构思上还具有自己的显著特
点。清初戏曲家、小说家李渔在叙述前代艺术创作时指出，传奇中有诸多
之人物和关目（事件），探求作者的"初心"则止为一人一事而设，"此
一人一事，即作传奇之主脑也"，"其余枝节，皆从此一事而生"（《闲
情偶寄》卷一）。编撰者罗贯中正是紧紧抓住最重要的人物诸葛亮答刘备
之"隆中对"所提出的方略，立为整部小说《三国志演义》的"主脑"，
使之成为贯串全书的中心。《三国志演义》描写曹操、刘备、孙权的三分
天下，十分强调"要知鼎足为形势，预向茅庐指画图""谈笑分三国""片
时妙论三分定"。隆中的战略决策是一大关键。在嘉元序本二十四卷中，
尽管诸葛亮在第七卷才被荐举出来，到二十一卷便退场，但是无论他在场
或不在场，所写的俱与之有关联。整部小说中的人与事，是依从诸葛亮的
隆中决策来铺展的。诸葛亮的隆中对策，首先分析了汉末天下"自董卓以
来，豪杰并起，跨州连郡者不可胜计"（引文除说明外，俱见人文影本《三
国志通俗演义》。下同），以及曹操战胜袁绍、孙权据有江东的形势变迁。
诸葛亮出场前的这七卷情节内容，不仅仅是他对策所提出的历史背景，而
且也正是整部《三国志演义》故事的序曲。诸葛亮出场以后的主要故事，
则多为隆中决策内容的具体生发。例如赤壁之战，是写诸葛亮的联吴拒曹
策略；三气周瑜、傍掠四郡，乃是"先取荆州为本"；入蜀、定汉中，为

"后取西川建国"；七擒孟获是"南抚夷越"；六出祁山，则为"图中原"等等。可见隆中决策既是诸葛亮一生行动的纲领，而且也是《三国志演义》的主体情节。诸葛亮之身后，除了末卷写三国归于司马氏的结局外，这部嘉元序本卷二十二、卷二十三的主要故事是姜维九伐中原，这其实也还是隆中决策"然后可图中原也"思想之继续贯彻。所以姜维在第三次出兵时，就说："昔日丞相未出茅庐之时，已定三分天下，然后鼎足势成，尚且六出祁山以图中原，恢复汉室。……今吾既受丞相遗命，当尽忠报国，以继其志"。他再三表示自己之出兵，是秉承遗命以图中原、复汉室之隆中决策既定方针的行为。

正是由于隆中决策乃是全书的"主脑"，罗贯中才饱墨酣畅地通过两番推荐、三顾草庐的描写，以极力渲染与烘托诸葛亮的出场。这里所描绘刘备三往卧龙岗的前后文字比于《三国志平话》不仅增饰了五六倍之多，而且将原来粗糙平庸的叙说更改为迷离隽妙之文，以引起读者的极大兴趣和高度注意力。（郑振铎《三国志演义的演化》对此处的描写，赞称为"在中国小说之中，虽不能说是绝后，却实在是空前的。"）而且，嘉元序本及《三国志演义》其他刊本也都在段（回）目上，极力显示隆中决策在整个故事中的特殊重大作用，以体现编撰者的创作本意。

罗贯中这一艺术构思，显然是对《三国志平话》以及前代其他三国故事的重大突破和发展，而且也是小说《三国志演义》在文学史上被誉称为不朽作品的一个十分重要的原因。

第三，小说人物形象的塑造。

在人物形象描写方面，小说《三国志演义》刻画了许许多多色彩缤纷的群像而取得很高的成就。嘉元序本卷首录存《三国志宗僚》（小说人物表），共计达 513 人（包括不出场人物）之多。而其中诸葛亮、曹操、刘备、关羽、张飞、孙权、周瑜等形象鲜明，脍炙人口[①]。

诸葛亮形象既不等同于历史人物又区别于民间传说，是编撰者以自己美学理想而又在民众创作基础上，塑造出来的古代君主制度下一个忠贞智慧军事家和政治家的艺术典型。这个典型素为民众誉称"智慧的化身"，而他的智慧在小说中被描写成"神机妙算"。所谓"神机妙算"，剥去神秘的外衣，无非是诸葛亮在斗争中，认识和把握客观事物的发展规律，从而取得预期的效果。草船借箭的成功，首先是因为掌握了长江冬令气候变化的规律；火烧博望坡、白河用水，是充分利用地理环境的自然特点；盘蛇谷火烧藤甲兵、上方谷火烧司马懿所用的地雷阵，六出祁山时使用的木牛流马等，则是在战争中运用科学技术的发明成果。诸葛亮还能够准确地掌握不同敌人的心理弱点，分别使用骄兵计、疑兵计、伏兵计与反间计等策略战而胜之。空城计、陇上妆神，其实是他使用心理战成功的范例；南征时杀雍闿、朱褒，初出祁山取天水诸郡，乃是他善于利用敌人间的矛盾，进行分化瓦解，以达到各个击破的目的。而诸葛亮对同盟者周瑜则采取又团结又斗争的方针，更能表现出运筹谋略手段的卓越。当赤壁之战时，面对强大曹军的进攻，他一方面要提防和排除周瑜的暗算，但主要是争取、团结和推动周瑜抗曹；战后，孙、刘矛盾有了进一步发展，他便采取以不破裂联盟为基本条件的针锋相对斗争，结果既夺得荆州又没有完全破裂团结。小说所写诸葛亮的智谋与才能，其实是对历史上某些争斗的经验总结，直到今天还能给人们以有益的启迪。诸葛亮在蜀汉建国前充当刘备的军师，

---

① 由云龙《三国演义论证》第五篇《三国英雄的代表人物》认为，这部小说所写的人物众多，"只就英雄中举几个翘楚的人来代表，他们就是：诸葛亮、曹操、孙策、周瑜、关羽五个人"（1954 年 8 月，上海钱氏油印本）。

而在建国后则任丞相。在关羽、张飞、刘备相继亡故以后，他肩负军国全部重任，风尘仆仆，亲赴前线，不避艰险地进行南征北讨；汗流终日，亲校簿书，勤勉地尽心于职守。最后他以生命实践了自己对刘备蜀汉集团"愿效忠贞之节，继之以死"的庄严誓言。诸葛亮之被描写成君主制度下忠贞勤勉的贤相形象，这是《三国志演义》编撰者"考诸国史"而同此前民间创作的又一大区别。

曹操形象是一个既多疑奸诈又具有雄才大略的政治野心家和军事家的复杂典型。《三国志演义》写他阴险残忍、诡计多端，信奉"宁使我负天下人，休教天下人负我"的利己主义人生哲学。他逃难到父友吕伯奢庄上，吕氏宰猪沽酒款待，他却错疑有歹意而杀死吕家八口；既而发现误杀以后，却又将吕伯奢砍倒在沽酒归来的路上。这足见他的多疑和残忍。曹操引兵击袁绍而日久粮尽之时，乃令仓官王垕用小斛配给军粮，然后又诈称王垕"盗窃官粮"斩之，以借属吏首级来稳住军心。此又见他的狡黠与阴险。至于割发代首、梦中杀人等等故事，也都充分表现他工于权谋的奸诈性格。但在小说中，曹操又是极有才能，而具有卓然超越于董卓、袁绍诸人之上的政治远见与政治气度。在青梅煮酒论英雄时，他对刘备说："方今天下，唯使君与操耳。"这里点到刘备，只是拉来作个陪衬，而他心目中的真正英雄仅自己一人而已。他迎汉献帝而迁都于许昌，挟天子以令诸侯，造成了政治上居高临下的极大优势，却不自行称帝。他善于收买人心，笼络部属，在自己的周围聚集了一大群卓有才干的谋臣战将。他施谋用策，化弱为强，先后征服或消灭吕布、袁术、袁绍等集团，平定北中国。所以，王粲对刘琮称曹操"雄略冠时，智谋出众"，"乃人杰也"。然而，曹操作为"人杰"的雄才大略是与他阴险毒辣的品格复杂地交织在一起的。编撰者通过生动而丰富的细节描写，成功地塑造了曹操这个野心家阴谋家的奸雄典型并且加以讥讽与鞭挞，从而表达了广大民众对于专制主义统治者凶残险恶行径的痛恨与谴责。

刘备在小说《三国志演义》中，是一个与曹操奸诈性格相对立而出现的理想"仁君"形象。他入川时，曾对庞统说："今与吾水火相敌者，曹操也。操以急，吾以宽；操以暴，吾以仁；操以谲，吾以忠；每与操相反，事乃可成耳。"曹操为了维护自身利益，往往滥杀无辜或转祸于人；而刘备即使于己"不利"，也不肯把"妨主"的卢马送人，不做"利己妨人之事"。曹操为迫胁徐庶归附而囚禁其母，但刘备则因徐母有难而送其离去。由于刘备的宽厚而"仁德及人"，所以受到民众的爱戴。当他败于吕布而匹马逃难时，"但到处，（村民）闻刘豫州，皆跪进粗食"。后来，曹军大举南下之际，新野、樊城二县百姓十数万不肯归附曹操，却依恋刘备而宁愿随之赴难。由于刘备的宽厚而待人以推心置腹，其君臣间信任无猜，内部关系团结融洽。诸葛亮与"五虎将"这些不肯轻易许人的当世英豪，却因刘备的知遇而成其部属，乃终生为之尽心尽力。刘备自己也因此由织席贩履而起，角逐群雄，成为汉中王，以至昭烈皇帝。

关羽与张飞，这两个刘备的桃园结义兄弟俱以武勇著称，但是又各具自己鲜明的性格特征。小说写关羽义重如山，甚至身在曹营心在汉，不为曹操的金钱美色而动心，一旦闻知旧主所在，便驱单骑千里护嫂来奔。张飞则粗猛而嫉恶如仇，不仅怒鞭民贼督邮，当他以为关羽顺曹负义时，也毫不顾情面，"睁圆环眼，倒竖虎须，声若雷吼，挥矛望云长便刺"。他们也都各有弱点：关羽"轻贤傲士，刚而自矜"；张飞则"酒后恃勇，鞭挞士卒"。结果因此被害，尽管他们都曾经以英勇无敌而深为人所称道。

此外，在嘉元序本及其他《三国志演义》版本中，所写赵云的浑身是胆、孙权的狐疑与短视、周瑜的心地偏狭、鲁肃的忠厚老实、司马懿的老奸巨猾等等，也都给人以较深的印象。尽管有如鲁迅所说"欲显刘备之长厚而似伪"（《中国小说史略》）之类的缺点，但是毕竟瑕不掩瑜。编撰者罗贯中通过夸张渲染，以传神之笔，使不少人物形象栩栩如生，至今还传诵于妇孺之口。

第二节　周曰校刊本《三国志通俗演义》与
余象斗刊本《批评三国志传》

在现存可以查考具体刻书年代的前四种明刊本中，除上面所叙的嘉靖元年序刊本外，其他三种依次为叶逢春刊本、周曰校刊本和余象斗刊本。嘉靖二十七年（1548）叶逢春刊本十卷（存八卷）二百四十段，仅藏于西班牙马德里爱斯高里亚尔修道院，是现今所知见的第二个刊本，也是《三国志演义》最早的图像本。其后，万历十九年（1592）周曰校刊本十二卷，以及数月后印行的余象斗刊本二十卷（存十四卷），也都是各具特色的明刊本。

这里，先说周曰校刊本《三国志通俗演义》。

周曰校刊十二卷本，是今见有确切时间记载的明代第三个版本①。这

---

① 在周曰校刊本前，其实尚有夏振宇刊本《三国志传通俗演义》。据夏振宇刊本小字注之某些"今"地名，撰者推度其"刊刻时域疑当在隆庆或万历初年，而最早及至于嘉靖末年"（参见拙撰《日本藏夏振宇刊本三国志传通俗演义纪略》）。由于今见夏振宇刊本缺牌记等确切的时间标识，故而暂不编入刊行年代的序列。

部重要明刊本的卷帙及某些情节和叙述文字,既与此前所题明嘉靖元年序刊本、嘉靖二十七年叶逢春刊本存在差异,也不同于稍后的余象斗等刊本。这是一部在《三国志演义》刊行流传演变史上很有研究价值的版本。

据著录及有关记载,周曰校刊本(包括残本)现存七部。(一)中国本土三部:北京大学图书馆残存七卷(马廉旧藏),中国国家图书馆残存六卷(李一氓原藏,李氏1957年得于安徽屯溪),中国社会科学院文学研究所残存三卷(无图);(二)台湾一部:台北"故宫博物院"存十二卷(原国立北平图书馆藏,按该馆1932年12月购自日本东京村口书店)①;(三)日本二部:内阁文库存十二卷,蓬左文库存十二卷;(四)美国一部:耶鲁大学图书馆存十二卷(台湾青石山庄旧藏)②。

这些刊本中,北京大学今存残本(即马廉旧藏本)和耶鲁大学藏本是最值得瞩目的。耶鲁大学藏本存国外未便查阅,现可从北大藏本(必要时还参见台北"故宫博物院"藏本)中寻找周曰校刊本的真实消息。

所见北京大学藏残本(存卷一至卷二、卷六、卷九至卷一二),首卷端题"新刊校正古本大字音释三国志通俗演义"(他卷端题"志"下或加"传"字),"晋平阳侯陈寿史传/后学罗贯中编次/明书林周曰校刊行"。半叶十三行,行二十六字。卷前存二序:首修髯子《引》,末署"时嘉靖

① 孙楷第《日本东京所见中国小说书目》卷三曾记此书云:"村口书店主人亦有一部待售。"查原国立北平图书馆旧卡片记载:"十二卷,明万历辛卯万卷楼刻本,二十四册。民国二十一年十二月十四日,东京村口书店购入。"按原北平从村口书店购得,抗战时运往美国国会图书馆保存,后移于台北"故宫博物院"。此书今有《三国志演义古版丛刊续编》(陈翔华主编)影印本《北平旧藏周曰校刊本三国志通俗演义》(全三册),中华全国图书馆文献缩微复制中心,2005年7月。下引周曰校刊本文字,除说明外俱见此影印本。

② 法国学者陈庆浩教授2012年6月25日致函撰者说:此书曾为台湾青石山庄收藏,"原本已卖给美国耶鲁大学图书馆"云。

壬子孟夏吉望"（按"壬子"乃"壬午"之误）；次庸愚子《叙》，末署"弘治甲寅仲春几望"。这里值得关注的是北大本保存有十分重要的牌记和题识。在修髯子《引》之后，刻有牌记曰："万历辛卯季冬吉望刊于万卷楼"（按台北"故宫博物院"藏本亦存此牌记）。由牌记可以确认此书刊行于明神宗万历十九年辛卯（1591），是为周曰校万卷楼刊本（若干卷叶的板心下方，或另刻"仁寿堂刊"）。

北大本还存有十分稀见的封面（台北"故宫博物院"藏本、社科院文学所藏本及后来的朝鲜翻刻本俱付缺如）。北大本的封面下栏左右两旁竖书大字书名"全像三国／志传演义"，其间夹刻"书林周曰校刊"；上栏为书坊主人周曰校的识语。识语云：

> 是书也，刻已数种，悉皆讹舛，茫昧鱼鲁，观者莫辨。予深感焉。辄购求古本，敦请名士，按鉴参考，再三雠校，俾句读有圈点，难字有音注，地里有释义，典故有考证，缺略有增补，节目有全像，如牗之启明，标之示准。此编之传，士君子抚卷，心目俱融，自无留难，诚与诸刻大不侔矣。览者顾惺书而求诸，斯为奇货之可居。
>
> 万历辛卯秋月，周曰校谨识。

周曰校此则识语，除了自我宣传外，还披露了十分重要的信息。

其一，识语明确指出，"古本"《三国志演义》的真实存在。周曰校开头便说，时行版本"刻已数种"，但"悉皆讹舛"，于是他另外"购求古本"以为底本而校刻之。由于底本是"购求"所得的"古本"，他不仅在"识语"中加以说明，并且在诸卷卷端的书题上，也特别强调其书乃是

"新刊校正古本"。这里还应该注意到，周曰校刊本正文的卷四小注"考证"也提到"古本"，卷六小注"考证"又说"旧本"，卷十一小注再说及"新旧本"（按所谓"旧本"意当即为"古本"）。这些都说明当时存在着"古本"的真实性，对此不应轻率地加以怀疑而一概斥之为虚妄之词。当然，所谓"古本"是一种还是有几个本子？这些"古本"同罗贯中原著的关系究竟如何？则是另应加以探索的问题。总之，周曰校所采取的底本，绝不是当时通行的版本。

其二，周曰校刊印出来的却又并不全是作为底本的"古本"。周氏"识语"称对其所购得的底本，乃"敦请名士"进行重新整理。整理工作主要包括"校正"与"音释"两个方面。整理者在文本上的工作是：（一）增补原本叙述上的"缺略"；（二）"按鉴参考"，依据《通鉴》来考订小说故事的编年排列；（三）校勘文字，改正错误。这些大致上可以说就是正文卷端书题所谓之"校正古本"。又为便于读者，整理者还进行了阅览上的辅导工作：（一）对行文加句读"圈点"；（二）对生僻字作"音注"；（三）对地名进行注解；（四）诠释历史典故。这些大致上也就是正文卷端书题之所说的"音释"（即包括注音与释义）。从"识语"中可以看到，周曰校刊本对所"购求"的"古本"并没有完全照刻，而如"再三雠校""缺略有增补"等等，可见这个刊本已在一定程度上改变了底本的某些原始面目，不过其中遗留下来的若干痕迹则可以作为探求罗贯中原书的线索。

其三，此本"节目有全像"。原底本是没有图像的，而周曰校刊行时则对所得的"古本"直接加以插图（每卷下所分设的二十个题目，都附有两面合成的插图，图的两侧各有对仗工整的十一字联句）。所以，在封面与诸卷板心的书名（或简称）上都特别标示出"全像"二字，卷二以后诸卷卷端的书题加"出像"，甚至书前二序的题目还添"全像"字样加以强调，如修髯子《引》之题目前添此二字作《全像三国志通俗演义引》，庸愚子《叙》之题目添此二字作《全像三国志通俗演义叙》。可见，从所称"古本"整理而来的周曰校初刻本，与底本（"古本"）之一个显明的区别就在于添有插图。

其四，识语撰作于"万历辛卯"即明万历十九年（1591），是为周曰校此刊本的刻期。这与牌记所题的年份是一致的。

以上只及至周曰校刊本的自身，而其与诸明刊本之间的关系比较复杂，尚另需多费笔墨。下面仅对周曰校刊本与嘉元序本进行粗略的比较，其间所见既有相同的文字，然而又有不少差异。今举数例，稍以窥视之异同。

第一，在组织结构方面。周曰校刊本分十二卷，下各设二十题目（节、段）；而嘉元序本则分二十四卷，下各设十段。周曰校刊本各卷末尾附有起讫年号以概记本卷故事发生的时间，如首卷末记"起汉灵帝中元元年甲子岁至汉献帝初平三年壬申岁共首尾九年事实"；而嘉元序本概不记录。

第二，在故事情节方面。如例一，周曰校刊本叙说关羽之子关索故事，写其从诸葛亮南征而被用为"前部先锋"，参与接应、诱敌、夹攻以及共擒诸洞酋长等战事（卷九）。然而，嘉元序本却只字不提关索其人其事。例二，周曰校刊本详写孙策取会稽城的全过程，包括孙策出马责王朗、太史慈闯阵相斗、黄盖接战朗之骁将周昕、周瑜与程普又引军交攻，王朗等不敌而退入城中；孙策听孙静计撤围以诱之，王朗等果中伏而大败，策遂回军乘势"取了城池"（卷二），共有705字（不计小字注）。然而，嘉元序本则不见攻取会稽城其事经过及王朗骁将周昕其人，只匆匆交代最后结局"大破（严）白虎于山阴，（王）朗走海隅，白虎走余杭"（卷三），

全部文字只有 35 字，语极不详。例三，周曰校刊本记魏主曹睿出兵三路
退吴军的经过，自"御驾亲征"至吴军退去而敕诸将守险"以伺其变"，
其始末合计 1097 字（卷十一），然而嘉元序本却全然不见叙述。类此情
形还有不少，这里不再一一列举。

　　第三，在细节和文字描写方面。如例一，刘备携孙夫人逃离东吴，周
曰校刊本写他"来到刘郎浦"，寻渡无船，赵云宽慰之，"玄德听罢，默
然思起在吴繁华之事，不觉凄然泪下"（卷六）。既脱"虎口"而余悸犹
存，又思恋在吴之"繁华"生活情景，这个细节写出刘备内心世界的复杂
性。然而嘉元序本却一字不提地名"刘郎浦"及思念"在吴繁华之事"，
所写刘备此时只求快速返回荆州，念想单一，别无复杂的思绪。这两本细
节文字所表现的刘备性格，显然有差异。例二，曹操在铜雀台听到东吴使
华歆表奏刘备为荆州牧时，"手脚慌乱，投笔于地"，于是他与谋士程昱
便有了一场对答。周曰校刊本首先写程昱见到曹操"慌乱"，问道："何
以惊耶？"曹操说：刘备得荆州，"是困龙入于大海，孤安得不动心哉"。
然后才又有程昱献议使孙、刘自相吞并之策，曹操遂重用华歆为大理寺少
卿，加周瑜为总领南郡太守等（卷六）。如此应对，顺理成章，叙事清晰。
今见嘉元序本也有大体相同的故事，但是采取倒叙的描写之法：当曹操闻
知东吴上表而显示"慌张"之际，此本却首先写程昱指出孙权的图谋，进
而献策使孙、刘相并；然后才再写程昱问曹操"何以惊耶？"操答：刘备
得荆州如困龙入海，"孤安得不动心哉"！这里写程昱先献计而后再回叙
其问之"慌张"的原由（卷十二）。可见此两本叙事之时序，是有差别的。
例三，赵云是否与赵范亡兄"相识"？周曰校刊本写桂阳太守赵范出降后，
欲嫁寡嫂与赵云时说："（你）与家兄同姓，先在乡中又与家兄相识"（卷

六）。这里明确无疑地指出，赵范亡兄与赵云是同乡"相识"。但是，嘉元序本写赵范对赵云说："（你）与家兄同姓，先在乡中未必与家兄不相识"（卷十一），口气是游移而不确定的。两本文字所表达的意思颇有差异。

诸如此类，不胜枚举。周曰校刊本与嘉元序本属于不同的版本群，在情节和细节文字上也有所异同，应当引起研究者的重视。

现在，再说余象斗刊本《批评三国志传》。

余象斗刊本《批评三国志传》，在今存有梓刻年代可考的罗贯中这部小说诸刊本中居于第四位。其分卷及某些故事内容与以前三种有所异同，而保留了不少古朴文字，具有重要的版本文献价值。它还是最早正式张扬"批评"的《三国志演义》版本，尽管其评论多乏精到见地，但在中国小说理论批评发展史上仍具有引人瞩目的价值。

余象斗刊本首卷端题"音释补遗按鉴演义全像批评三国志传"（卷五、卷六同），第二卷及其他诸卷（除缺佚外）端题作"新刻按鉴全像批评三国志传"，故而书名可略称为"批评三国志传"。各卷俱题"东原贯中罗道本编次／书坊仰止余象乌批评／书林文台余象斗绣梓"（按"余象乌"即"余象斗"）。卷前有《题全像评林三国志传叙》（序），末署"时万历岁在壬辰春月清明后三日，仰止余象乌谨撰"。《叙》之上栏，有书坊主人《三国辩》云："下顾者可认双峰堂为记"。书后有牌记："万历壬辰仲夏月／书林余氏双峰堂"。可见此书乃为明神宗万历二十年壬辰（1592）余氏双峰堂镌刻。

书前有封面，其下栏左右两行，大字题"按鉴批点演义／全像三国评林"，其间夹刻余象斗识语一则，称当时坊刻"较多"而"差讹错简无数"，本堂乃"更请名家校正润色批点"云云。封面中栏为汉献帝即位图，两旁刻"谨依古板／校正无讹";上栏横题"桂云馆余文台新绣"。封面上的这些文字除自我宣扬外,还提示了很重要的信息:其一,书坊主人自称此书的文本"谨依古板"而来的;其二,所做的整理工作是"按鉴""校正闰色"和"批点";其三,这是一部连环画式的"全像""评林"本;其四,"新绣"者余象斗的双峰堂,又称"桂云馆"。这些提示,对于研究者来说是颇可值得参考的。

余象斗刊本二十卷,共"二百四十段"(见卷前目录)。正文书版分上中下三栏。下栏为小说叙述文字,半叶十六行,行二十七字。上栏为批评文字,中栏为图像(图两旁有题句)。

余象斗刊本中土久已失佚,今仅藏于国外,分别见于(一)日本:京都建仁寺两足院存十卷(卷一至卷八、卷十九至卷二十);(二)英国:剑桥大学图书馆存二卷(卷七至卷八),牛津大学图书馆存二卷(卷十一至卷十二),英国国家图书馆存二卷(卷十九至卷二十);(三)德国:斯图加特市符腾堡州立图书馆存二卷(卷九至卷十)。三国五处共存十八卷,去其重复,计为十四卷。今有影印本《日英德藏余象斗刊本批评三国志传》,见于《三国志演义古版汇集》。

是书批评者与刊行者为余象斗一人。象斗,或称余象乌、余世腾,字文台,又字仰止,号三台山人、三台馆主人、子高等。堂名双峰堂(以其父孟和之字双峰为堂名)、三台馆,又名桂云馆。福建建宁府建阳县崇正下乡崇化里书林(今福建省南平市建阳书坊乡书坊村)人。其先人由仕宦而从事刻书业。据所见其族裔秘藏清同治十年重镌本《潭西书林余氏宗谱》及有关记载,余氏入闽始祖余焕,在南朝梁武帝中大通二年(530)自中原来令建阳;至十四世孙余同祖官广西安抚使,致仕后乃定居于书林(地名），是为入书林之始。后裔从事图书刊行，宋元间余氏家族颇多刻书名肆。象斗十一世祖余安定（1275—1347）以父余文兴之号"勤有"为堂名，所刻书盛称于世。直到清代，乾隆帝对勤有堂刻书活动仍感兴趣，乃在乾隆四十年（1775）下令进行考查（见《清实录》卷九七五《高宗实录》）。地方当局道府县三级官员奉旨到书林时，还在象斗十世祖余文兴墓地"登坟坛而祭奠"，一时传为佳话（见余振豪《重修新谱序》）。这些虽为象斗身后事，但倒也说明余氏家族的文化影响力。余象斗就出生在这样一个刻书世家里。

余象斗这位明代著名出版家，疑当生于明嘉靖二十八年（1549）（《余象斗及其批评三国志传述略》）。早年曾在邻县邵武上学，万历十九年（1591）辍儒家业，始以锓笈为事，声名后渐显著。其所编刊《海篇正宗》卷首刻有《三台山人余仰止影图》，图绘仰止拥仕女童仆而凭几高坐论文之状，王重民评之"今观此图，仰止固以王者自居矣"（《国会图书馆藏中国善本书录》）。其后建阳知县刊书，即属余象斗及其侄彰德合刻。王重民说："彰德不及象斗知名""以县令而选及象斗，可知象斗在建阳书林中殆当时祭酒也"（《中国善本书提要》经部小学类）。王氏以为余象斗在书林中"固以王者自居"，又"殆当时祭酒"，无疑是一位很有影响的领军人物。当然，作为商人的书坊主，余象斗的刻书也往往为追逐利润，而有贪多务得、粗制滥造的通病。

余象斗还是著名的通俗小说杂著编纂家。他的自撰述作，计可分为三类。其一，编撰：如《皇明诸司公案传》《通俗演义列国前编十二朝》《北游记》《南游记》诸书；其二，纂辑：如《诗林正宗》《韵林正宗》《海篇正宗》《万锦情林》诸书；其三，评点：如《批评三国志传》（批评）、

《水浒志传评林》（评校）、《春秋列国志传》（评释）诸书。

作为《三国志演义》刊行史上现存于世的第四部重要版本，余象斗《批评三国志传》与此前的嘉元序本等有重要的差别。除分卷分段外，主要的不同有以下几方面。

第一，保存"古本"或"旧本"的一些文字。根据有关版本的小字注提示，余象斗刊本与嘉元序本之不同，径可确认为存留"古本"或"旧本"文字的地方至少有两处。其一，嘉元序本卷八写刘备风雪访隆中时听黄承彦口诵的《梁父吟》："一夜北风寒，万里彤云厚。空中乱雪飘，改尽江山旧。仰面观太虚，想是玉龙斗。纷纷麟甲飞，顷刻遍宇宙。白发银丝翁，岂惧皇天漏。骑驴过小桥，独叹梅花瘦。"今见周曰校刊本卷四在此诗《梁父吟》后，加有小注："【考证】古本作盛感皇天佑"。这里的"考证"，显然是针对通常认为出刊最早的嘉元序本之《梁父吟》诗第十句"岂惧皇天漏"而发的。查余象斗刊本卷七此诗第十句正作"盛感皇天佑"，由周曰校刊本的"考证"则可确认：余象斗刊本此处乃是"古本"文字，而嘉元序本却是经过改易的非"古本"（即新本）文字。（按嘉元序本、周曰校刊本《梁父吟》共十二句，个别文字略有差异；周氏虽然指出"古本"的不同，但是并未照改。而余象斗刊本此诗共十句，同于叶逢春刊本。）其二，嘉元序本卷十二写张松在许都诈称《孟德新书》是战国时无名氏作品，蜀中小童亦能诵。杨修辩驳说此书"虽已成帙，未传于世"；曹操听杨修禀报后，"遂令扯碎其书烧之"。嘉元序本在此处还加小字注说："柴世宗时方刊板。旧本书作板，差矣"云云。由此注而知，明嘉靖、万历间《三国志演义》已存在"旧本"与非旧本的区别，标志之一在于《孟德新书》是否板刻的问题。嘉元序本写《孟德新书》一书"虽已成帙"，后又"扯碎其书烧之"，是作"书"不作"板"，据小字注则可断定此为非"旧本"即新本所改文字也。而余象斗刊本卷十此处作"虽已刊板""破板烧之"，俱作"板"不作"书"（同叶逢春刊本），正如嘉元序本小字注所说"旧本书作板"，余氏等书则是"旧本"之原来文字也。尽管从历史上看，曹操时代还没有产生雕版印刷术（嘉元序本注称"柴世宗时方刊板"），但是"旧本"《三国志演义》竟然写《孟德新书》当时已付诸"刊板"。有鉴于此，嘉元序本在整理时发觉"旧本"这些违背史实的文字，于是便进行了修改并附加小字注说明。由此可见，嘉元序本之前确实已经存在"旧本"（当即"古本"），而这些被改掉的"旧本"文字却保存在后来才付刻的余象斗刊本等版本中。所以，这里需要细心的鉴别，不能简单地认为刻印得早的版本才是罗贯中的原作。

第二，关于关羽之子关索的故事。嘉元序本不涉关索一字，周曰校刊本与余象斗刊本虽然都写了关索故事，但是周曰校刊本只记叙他在蜀后主初期从诸葛亮南征，而余象斗刊本则写关索参与刘备建立蜀汉政权过程中的诸多活动。在余象斗刊本中，关索名字不仅出现于段目（如卷九《关索荆州认父》、卷十二《张飞关索取阆中》）与《君臣姓氏》（人物表），正文还很有声色地描绘他作为一员战将而活跃于刘备蜀汉集团。这个刊本写刘备集团在赤壁战后发动"傍掠四郡"之役，当留守荆州的关羽将往取长沙时，关索奉母携妻前来认父。原先关羽杀豪霸逃难江湖，妻子胡氏已怀胎三月住娘家，其子七岁时玩灯走散被索员外拾去，九岁送与花岳先生学武艺，因此兼三姓取名花关索。他又通过斗演武艺而娶得三个媳妇。关羽闻之叹道："吾有此子，如虎生翼矣，何愁汉室不兴乎？"张飞也称赞"侄儿诚千里之驹"。关索随父出征长沙，首战便刺杀守城校尉杨龄。随后，他卫护刘备入川，当刘备为川将张任追袭至急，关索等冲出救之回涪城。庞统被射杀后，"玄德修了书交关索"，令往荆州搬请诸葛军师。诸葛亮与张飞分领荆州军入蜀，关索乃佐助张飞计俘严颜、取巴州。其后参加雒城战役出击川军，又在金雁桥随从孔明施谋诱敌捉张任。接着，他同黄忠等领兵取绵竹，跟随刘备驰援葭萌关。刘备平定益州论功行赏时，发布"俱皆赏用"的"将士人等"名单，关索同黄忠、魏延等十五人都列名于其中。刘备随后令"张飞守巴西，关索为先锋"，他屡屡击败魏军名将张郃，协同张飞夺得阆中，迫使张郃败回南郑。其后，参加汉中大战，今存本只写到孔明差人"替张飞、魏延、关索回来取汉中"（卷十二），其下所叙述关索故事的卷叶都已散佚了[①]。据与余象斗刊本相近的本子，关索在汉中前线屡挫魏军名将徐晃、庞德，曹操观看时，暗自称赞曰"虎父还生虎子"。战后，刘备令他镇守云南，到刘备伐吴时已病故。这员战将参与蜀汉建国的故事，此前刊印的嘉元序本、叶逢春刊本和周曰校刊本都未写及。尽管如此，宋元民间已多关索传说（《三国志平话》犹存"关索诈败"之语），"谨依古板"的余象斗所写亦当自有传承，而并非肆意妄加。

　　第三，段目文字与前后段间连接文字的差异。在段目句式方面，嘉元

---

　　① 由于余象斗刊本的卷帙残缺，所见关索故事的文字仅止于孔明差严颜往守阆中替关索等"回来取汉中"，其下必然要补叙关索在汉中战役及其后的作为。依据今见同余象斗刊本较为接近的汤宾尹校本之描写：刘备在汉水与曹操对阵，关索参与"劫粮"，又"生擒王志过马"，先后大战魏军名将徐晃、庞德。曹操观看而暗自称美，并赞叹曰："虎父还生虎子"。战后，刘备为汉中王，依孔明奏，"著令镇云南"。时值关羽水淹七军，关索来寨省亲，求"欲在此夹攻樊城，俟功成而去"。关羽以王命不可违，索乃辞去。直到刘备伐吴，令到云南"取关索、关兴"等出征时，关兴来报："吾兄亦病故矣。"刘备闻之"放声大哭"（按刘备曾令关兴同关索镇云南）。汤宾尹校本卷十三还写到诸葛瑾对孙权说："某闻关云长前妻生有一子，名关索。"以上当可补足余象斗刊本所缺佚卷帙的关索故事内容。

序本卷下之段目俱作七言句式，整齐划一，显然是经过精心的整饬。而余象斗刊本的段目句式文字参差不齐，除多用七言句外，也有五言句如"秋风五丈原"（卷十八），六言句如"曹操谋杀董卓"（卷一）、"关云长袭车胄"（卷四）；至于八言句的使用也不少，如"白门城（楼）曹操斩吕布"（卷四）、"论英雄青梅煮酒会"（卷四）、"关云长挝鼓斩蔡阳"（卷五）等。以至还出现九言句如"定三分诸葛亮出茅庐"（卷七）、十一言句如"姜维避祸屯田计九伐中原"（卷十九）。余象斗刊本段目句式参差，语序与字词的使用亦略见异同，当较接近于原本的面目。

在前后段间文字的连接方面，两本的有些安排差别很大。例如余象斗刊本卷三之《袁术七路下徐州》的段尾文字和下段《曹操会兵击袁术》段首文字，就与嘉元序本卷四相应前后段间的安排大相径庭。余象斗刊本《曹操会兵击袁术》段端所写关羽横刀出马，袁术败回淮南，即遣人往江东借兵，孙策作绝袁术书，术见而大怒等事，共计一千多字，而嘉元序本则将之移置于上段《袁术七路下徐州》的末尾。又如余象斗刊本卷六《曹操引兵度壶关》段尾写曹操定并州后，听郭嘉议，出卢龙塞，击乌桓，回易州而哭郭嘉，这九百八十多字在嘉元序本中，乃被安置于其下段《郭嘉遗计定辽东》之开端。

第四，细节描写的异同。两本细节差异甚多，略举数例以见之。

（一）人物姓名相异。如余象斗刊本卷三写严白虎自称东吴德王，"遣邹太守乌程"；而嘉元序本卷三作严白虎"遣周泰守乌城"。查小说《三国志演义》所写，周泰非白虎将，此时正与孙权共守宣州而不在乌程。又考《三国志》卷四十六注引《吴录》载："时有乌程邹他"等聚众，孙策"引兵扑讨，皆攻破之"。按余象斗刊本"邹太"当即"邹他"（"太""他"

音近相混），而嘉元序本作"周泰"非也（又"乌程"亦不当作"乌城"）。

（二）故事发生的地点不同。如余象斗刊本卷一写关东盟军讨董卓，孙坚自请为先锋，"大刀阔斧，杀奔汜水关"，汜水关便成为两军首战之地，其后关羽温酒斩华雄亦即此处。但是余氏所写的首战地"汜水关"，而嘉元序本俱作"沂水关"。按"沂水关"在今山东境内（沂水源出于山东省沂山，南流经沂水、临沂、郯城等地入江苏省），并非盟军讨董卓所必经之地，而"汜水关"在河南荥阳县西，乃是盟军进兵洛阳必夺之重镇。故知余象斗刊本作"汜水关"，是正确的。

（三）行为方式有别。如余象斗刊本卷七写刘备集团当阳败退时，糜夫人殉难"将头撞墙而死"，而嘉元序本卷九则写糜夫人"投枯井而死"。两本所写糜夫人的"撞墙"或"投枯井"，殉难的行为方式是不一样的。

（四）数量的差异。如余象斗刊本卷一写袁绍诛杀宦官及家属"流血满地，何止二三千人"，而嘉元序本卷一则作袁绍杀阉官及家属"何止二三万人"。两本所写相差十倍。又如余象斗刊本卷二写董卓筑郿坞"屯积三十年粮食"，而嘉元序本卷二作"屯积二十年粮食"，比之少三分之一。（按《三国志》卷六载董卓筑坞于郿，"积谷为三十年储"。《后汉书》卷七十二同。可见余氏数据出史籍。）

以上所见，余象斗刊本多处不同于嘉元序本。不仅分卷、分段及图像之有无等方面迥然有别，而且在情节与细节文字描写上也颇多差异。由于其所写黄承彦口诵《梁父吟》第十句作"盛感皇天佑"乃为《三国志演义》"古本"文字，又由于其所写《孟德新书》已经"刊板"是为《三国志演义》"旧本"文字，可证余象斗刊本自称"谨依古板"并非全是虚言。尽管其中一定也会有不少加工修改的成分，但是仍然具有很高的研究参考价值。

至于余象斗的批评文字，可略见于本书下章第一节。

第三节　黄正甫刊本《三国志传》

黄正甫所梓行的《三国志传》，是明刊本《三国志演义》二十卷版本群中的一部简本。尽管刊刻的时间很晚，而且文字又多删削，但是仍然保存"旧本"或"古本"的若干面目。此书已同甘肃省图书馆藏明嘉靖元年序本以及清顺治间满文译本，先后被列入于国家珍贵古籍名录。

黄正甫刊本首卷端题"新刻考订按鉴通俗演义全像三国志传""书林黄正甫梓行"（有些卷端的书题上还加"京本"二字以示版本来源，如卷三等）。板心题"全像三国志传"（或作"三国志传""三国志""三国"），故其书名则可简称"三国志传"。卷前原缺封面，存明天启三年博古生《三国志叙》《全像三国全编目录》《镌全像演义三国志君臣姓氏附录》。正文上图下文。图像在各半叶之上中位置，高占八字、长占十一行。图之上栏外，有八言题句，如卷一首叶分别题"伏羲神农黄帝治世""灵帝登位青蛇绕殿"。图之两旁及其下方为本文，半叶十五行，行三十四字（图旁）至二十六字（图下）。

此书仅见藏中国国家图书馆，存本钤有"国立北平图书馆"收藏印。按国立北平图书馆后改名北京图书馆，即今国家图书馆。原北平馆入藏时的卡片记录：

三国志传　二十卷　八册

明书林黄正甫刻本

购订处　　　　　遯雅斋购

收到日期　　　　（民国）24（年）/3（月）/11（日）

遯雅斋是民国十四年（1925）北平琉璃厂开设的一家名肆，当时还兼办图书的整理及印制发行的业务。原北平图书馆1935年所购得的此金镶玉本当为遯雅斋重装，其书皮上墨笔写有"三国演义二十卷""明书林黄／正甫刊本"字样亦当是遯雅斋所添作。

关于这部《三国志传》的刊行者，除首卷题"书林／黄正甫梓行"外，书末牌记又有"闽芝城潭邑艺／林黄正甫刊行"。按"芝城"即建宁府的别称，因府城南有紫芝山而得名；"潭邑"（或又作"潭阳"）即建阳县，因古有大潭城（闽粤王筑城于潭上）而名之。此"书林"，非通常泛称民间书坊麇集处，乃特指建阳县崇化里书林地方（今书坊乡）。此为黄正甫的乡里，也是刻书地。

黄正甫名一鹗，主要活动年代在明万历、天启间。据《敕建潭溪书院黄氏宗谱》记载，南宋理学家黄榦（朱熹弟子、女婿）曾寓建阳，有子定居于此。后裔黄尚问（1299—1383）入赘至崇化里，黄正甫即尚问之十世孙。正甫父名黄世茂，《宗谱》又载："世茂公之子，讳一鹗，字正甫。妣江氏成女。生卒俱失考。"可知正甫谱名为一鹗，正甫乃其字也。正甫有胞兄名一方，侄国聘。《宗谱》说："一方公长子，讳国聘，邑庠生。万历十三年乙酉九月初五日（生），殁康熙十九年庚申正月初十日。"依当时习俗推算，倘若黄一方二十岁前后得长子，由黄国聘生于明万历十三年（1585）而知黄一方约当在嘉靖四十五年（1566）前后出生。黄正甫是黄一方紧挨相连接的胞弟。如果他比乃兄小三至五岁的话，则约生于隆庆三至五年（1569—1571）间。按隆庆只有六年，因此黄正甫的主要活动当在万历天启间无疑。

黄正甫所刻书，今见有《锲便蒙二十四孝日记故事》一卷与《新镌徽郡原板校正绘像注释便览兴贤日记故事》四卷合刊本，明万历三十九年辛亥年（1611）黄正甫刊，藏日本国立公文书馆内阁文库。按此合刊本之前半部为《二十四孝日记故事》，上图下文，每半叶有两则故事，共六叶二十四则君臣行孝故事；合刊本之后半部为《兴贤日记故事》，首卷题书名、"洪都詹应竹校正""书林黄正甫梓行"。全书之末有牌记，题"万历辛亥孟夏月／书林黄正甫绣梓"（万历辛亥即万历三十九年）。

又有《精选古今诗词筵席争奇》三卷，"明万历书林黄正甫"刊，见杜信孚《明代版刻综录》卷一著录。按此类争奇体裁作品，是风行于万历天启间的时尚读物。

至于黄正甫刊本《三国志传》的刊行时间，见卷前有《三国志叙》署"癸亥春正月山人博古生题"。查与此"癸亥"的相关年份是：嘉靖四十二年癸亥（1563），但黄正甫此时尚未出生；而清康熙二十二年癸亥（1683），又与此书刻于明代不符；那么应该是天启三年癸亥（1623），才同黄正甫的行年相契合。博古生《叙》说"予阅是传"，"剞劂极工"云云，这时乃是黄正甫刊本刻出之际。故可称其为明天启三年序刊本或径作天启三年刊本。

黄正甫刊本在刻印时间上尽管迟至晚明天启间才梓行，但其所依据的祖本乃很早。今见这部"新刻"本的书卷尚存古朴风味，图像镶入文字中，栏之左上时有填写数字的书耳。纵观现存明刊本至少有两处文字描写可以确定为"古本"（或可称"旧本"）的标志：一是黄承彦口诵《梁父吟》

第十句"盛感皇天佑"，二是写曹操《孟德新书》已"刊板"，后又"破板焚（"焚"一作"烧"）之"。黄正甫刊本俱保留这些作为古本的标志性文字描写（见卷七、卷十）。

此外，还很值得注意的是：

第一，关于大乔是孙权"妻子"的问题。黄正甫刊本三次写到大乔，除孙策临终"唤妻乔氏"嘱咐（卷五）乃与嘉元序本文字内容大致相同外，其他两例却又写大乔为孙权之妇。例一，黄正甫刊本卷八《诸葛亮说周瑜》段写孔明在激周瑜抗曹时，故意说可采用范蠡进西施之计，买江东二乔送去，曹操得之"必星夜回兵"。周瑜听后大怒："二乔非民间之女，大乔孙讨虏将军主母，小乔乃吾之妻。"在这里，周瑜说"大乔孙讨虏将军主母"。查陈寿《三国志》及小说所写，孙策生前一直是讨逆将军，而东吴继主孙权的名号才是讨虏将军。（黄正甫刊本卷五写孙策死，曹操"封孙权为讨虏将军，领会稽太守"；同卷又写陈震回见袁绍也说："孙策已亡，操封权为讨虏将军"）又按主公之妇才被称为"主母"。孙策先已被刺，到赤壁之战前，东吴主公早已换成了孙权。周瑜对诸葛亮说"大乔孙讨虏将军主母"，无疑是把大乔说成是孙权之妻子。例二，黄正甫刊本卷八《曹孟德横槊赋诗》段写曹操在大江水寨上对诸将说："昔日乔公与吾至契，将二女以侍吾。吾视之，皆有国色，不料被孙权、周瑜所娶。"通过曹操之口，明白无误地再次指出此乔氏女已被孙权娶为妻子。黄正甫刊本之如此写作，显然不合史实，也与嘉元序本等有所不同。但是，这种说法绝非出于黄正甫辈的私人杜撰，而其说之由来有自。远在罗贯中以前，元代初期杂剧家高文秀撰有《周瑜谒鲁肃》，题目就作《孙权娶大乔》（见明天一阁抄本《录鬼簿》著录），可见至迟在元代初期已有持这种说法。到元明间，无名氏杂剧《周公瑾得志娶小乔》头折还演孙权"下财礼娶大乔做夫人"。（剧中鲁肃及其他人物，曾多次说及"大乔嫁与吴侯孙权"）今存民间许多传承于前代的说唱旧本，也以大乔为孙权妇。如所见清同治十三年甲辰（1874）古皖畅乐轩新镌古唱本《小乔自叹》，写大乔是吴王孙权的"朝阳掌印"娘娘。在唱词里，小乔自称"奴本是乔公弼亲生之女"，"大姐姐配孙权朝阳掌印"。在周瑜殉国后，小乔还修本恳求大乔："望国母贤姐姐娘娘千岁"能给周家遗孤以照料，还说"愿娘娘来看顾死不忘恩"。又见重庆旧刊曲本《新刻芦花荡》写小乔直称孙权"大姐翁"，她唱道："开言尊声大姐翁，姨妹言话放心中"等等。如此传说在民间流播普遍，久已习相成诵。罗贯中是在前人说书、戏曲等极其丰富的艺术素材基础上，参订历史，杂取传说而重新编撰成书的。其所进行重新编撰时，不免要羼入些传说。黄正甫刊本《三国志传》关于大乔为孙权之妻的这两处记叙，并非偶然刊误，而亦当是沿袭下来的旧本文字无疑。

对于某些遗存的旧本文字，后来的考订者、刊行者往往要加以修改。如同前述《孟德新书》曾"刊板"又"破板烧之"的旧本文字而被改作"成帙"又"扯碎其书烧之"新本文字一样，嘉元序刊本等也对大乔夫君之事作了类似的修改。为了求取与史籍上的一致，嘉元序刊本等将黄正甫刊本所写的旧说大乔为孙权妻（见上文第二例引谓二乔"被孙权、周瑜所娶"），乃径改作孙策妻。又对黄正甫刊本所写周瑜说"大乔孙讨虏将军主母"之旧文，再在"讨虏将军"下增添"孙伯符"三字，便修改成新说"大桥是讨虏将军孙伯符主妇"（"桥"通"乔"）。按"孙伯符"即孙策（生前是"讨逆将军"），修订者以为如此改动便可把大桥坐实为孙策妻了。其实殊不知，却不经意间暴露出漏洞："讨虏将军"（孙权）与"孙伯符"

本为兄弟而并非一人，大桥如果是讨虏将军（孙权）的主妇就不该是孙策的妻子，反之也是同样，二者只能居其一。孙策既没有做过"讨虏将军"，他在周瑜说这话时已死多年，故而作为孙策夫人的"大桥"此时是遗孀也不该再被称为"主妇"。可见这里的"孙伯符"三字是修订者后增添的，并非原有的旧文，而"讨虏将军"云云却是承袭民间故事而来的旧本文字。嘉元序刊本的底本或其祖本修改旧本时，却对其兄弟间的将军名号存在一字之差未曾细察，故有如此行文。从嘉元序刊本或其底本修改后而犹遗留下旧迹来看，梓刻甚晚的黄正甫刊本所写大乔为孙权妻的文字无疑乃是旧有留存文字，其出现时间实在要比嘉元序刊本早。

第二，对于关羽之死前后的文字描写。黄正甫刊本写关羽的文字较为平实，而嘉元序刊本则多作讳饰或过分崇仰以至神灵化。这里例举黄正甫刊本卷十三与嘉元序刊本卷十六所写关羽之死的某些相关文字，以见其异同。

（一）关羽其人的称谓。（1）自称"羽"，或作"某"。如黄正甫刊本写关羽死后游魂到玉泉山向普静禅师求教："羽质愚鲁，愿闻其教"，此处自称"羽"（见《三国志演义古版汇集》影印本第 662 页，下引此书简称汇集影印本）；而嘉元序刊本则写："某虽愚鲁，愿听清诲"，讳其名乃自称作"某"。（2）敌方呼之"关云长""云长"，或尊称作"关公"。如黄正甫刊本写吴将朱然在关羽出麦城后，大叫："关云长何不早降"，吴将直呼之"关云长"（汇集影印本第 659 页），而嘉元序刊本则写吴将朱然大叫："关公休走，趁早下马受降"，则尊称之"关公"；又如黄正甫刊本写曹操闻孙权送来关羽首级，大喜曰："云长已亡，吾无忧矣"，直称"云长"（汇集影印本第 665 页），而嘉元序刊本则写曹操大喜曰："关公已仙，孤无忧也。"亦尊称之"关公"。（按黄正甫刊本某些场合也有称"关公"者，但远不如嘉元序刊本普遍。）

（二）关羽被处决：直接陈述其被"斩之"，或以隐讳之语暗示其受害。如黄正甫刊本写关羽被擒后，孙权听主簿左咸道"此（指关羽）乃狼子，不可养也"，遂"速命推出斩之"（汇集影印本第660页），而嘉元序刊本则写孙权听左咸说"狼子不可养"，于是"急命推出"。按黄正甫刊本写左咸直接指斥关羽为"狼子"，而嘉元序刊本则只泛泛言之"狼子不可养"；黄正甫刊本写孙权明确下令"推出斩之"，而嘉元序刊本却讳言其"斩"杀之事乃隐晦曲折地写"急命推出"以暗示受害。

（三）东吴的"招安"：以关羽父子"首级"，或以其遗物、死亡"信息"之类。如黄正甫刊本写关羽死后，部属王甫等在麦城听报："吴兵在城下将关公父子首级招安"；又"孙权尽收荆州之地，将父子首级招安各处人马"。写孙权直接以其"父子首级"在麦城及荆州各地进行"招安"活动（汇集影印本第662—663页）。而嘉元序刊本则写：在麦城，"吴兵将君侯（关羽）父子刀马前来招安"，又孙权"将公父子信息，招安各处人民"，这里东吴招安所用的分别是关羽父子的遗物"刀马"和死亡"信息"，并不是父子的"首级"。

（四）对于关羽的"首级"：不加掩饰的直称，或隐谓之"英灵"。如黄正甫刊本写张昭为保江东，献计说"将云长首级送与曹操"，孙权听而"命将木匣盛贮首级"令人送往许昌。曹操闻孙权送"首级至"，大喜。司马懿指出东吴为移祸而"故将首级来献"；又说可将"首级刻凑香木之躯"，以礼葬之。曹操听之，命将"首级开匣"，具棺椁，礼葬于洛阳南门外。这里六处提到关羽的"首级"（此前，吴兵已在麦城、荆州也用关羽"首级"

招安其部众，总共提及八次），都是直接指称"首级"而不加任何粉饰隐语（汇集影印本第664—666页）。然而，嘉元序刊本则写张昭献计说"将关公父子英灵送与曹操"，孙权乃"将英灵恭敬"送与曹操。曹操闻吴使"赍关公英灵至"。司马懿说此是东吴惧刘备复仇，"故将英灵献与王上（曹操）"，又说"王上可将关公英灵刻以香木之躯"葬之以礼云云。可见嘉元序刊本讳言其"首级"乃改尊称作"英灵"云云。

在明代，关羽崇拜随着时间的推移越来越严重。直斥关羽为"狼子"，被俘后受"斩"，又不加讳饰地直呼其"首级"等等，这些文字描写的出现显然比嘉元序本要早，无疑也是旧本的遗存。

综上所见，黄正甫刊本既有《梁父吟》第十句的"盛感皇天佑"、《孟德新书》的曾经"刊板"与"破板"，又称大乔为孙权所娶以及对关羽缺乏过度尊崇的诸多描写等等，这些文字俱当是旧本（古本）的遗留。由此可知，其依据的母本或祖本是相当早的。这些对于今天探究《三国志演义》的原来面目，无疑大有裨益。

在明刊《三国志演义》二十卷版本群中，黄正甫刊本还又是一部文字甚为减省的简本。今例举其卷五第十段《孙权领众据江东》所写诸葛瑾的出场描写，以比照于同属二十卷版群中的余象斗刊本《批评三国志传》与刘龙田刊本《三国志传》。黄正甫刊本写道：

（鲁）肃荐琅琊郡诸葛瑾见孙权。权甚敬之，拜为上宾。

而繁本余象斗刊本则写：

> 肃乃荐一人见孙权。其人因汉末避乱于江东。治毛诗、通四书，
> 明左氏春秋，事母过孝。琅琊阳郡人也。覆（复）姓诸葛名瑾字子瑜。
> 权甚敬之，拜为上宾。

按"阳郡人"当作"阳都人"。又，刘龙田刊本作：

> 肃乃荐一人见孙权。其人因汉末避乱于江东。琅琊阳郡人也，覆（复）
> 姓诸葛名瑾字子瑜。权甚敬之，拜为上宾。

以上可见，繁本余象斗刊本文字最详尽，共达五十八字；简本刘龙田刊本在此基础上，删其治学与孝母事，计为四十一字；而黄正甫刊本再减省至十九字。其删改演变的痕迹历历可辨。

在明刊本二十卷版本群中，关羽之子关索是一个颇为重要的人物。此版本群写关索荆州认父至参加定蜀诸役等故事者，姑且谓之为其甲种本（如余象斗刊本、汤宾尹校本等）；而写关索从诸葛亮南征故事者，则为其乙种本。黄正甫刊本属于二十卷版本群之乙种本。其正文卷十五写诸葛亮起兵南征时，关索疮痍来投，遂从孔明平定南中，其间在西耳（洱）河边"四擒孟获"之役中还与魏延共同"将孟获并蛮兵缚定"。然而，黄正甫刊本正文所写的这些实际内容却与卷前总目录段目的标示文字不一致：其总目之卷九第九段段目文字作"关索荆州认父"而正文写"黄忠魏延献长沙"（正文段目）、总目之卷十二第七段段目文字作"张飞关索取阆中"而正文写"瓦口关张飞战张郃"（正文段目）。这些总目段目与正文所写故事内容毫无关系。如此不一致的情况，在所见尚存总目的二十卷版本群乙种本的刘龙

田刊本、费守斋刊本中也能看得到，可见这不是黄正甫刊本的擅自作为，亦当沿袭其祖本而来的。（按黄正甫刊本总目此二段目与甲种本的余象斗刊本、汤宾尹校本相同，而余、汤两本的总目与正文所写故事是一致的。）

黄正甫刊本是一部刻印甚晚的简本，文字虽多删减，但是保存不少旧本的内容，对于探索与研究《三国志演义》原始面目具有不容忽视的重要参考价值。

附：《三国志演义》现存明刊本简表

附：《三国志演义》现存明刊本简表

略称	卷端书题	卷（回）数	编撰敄整理者	初刻时间	刊行者	现存处	备考
(一) 嘉元序本	三国志通俗演义	二十四卷	后学罗贯中编次	嘉靖元年（1522）		(1) 甘肃省图书馆（杨寿祺旧藏）；(2) 上海图书馆；(3) 天津图书馆；(4) 社科院文学所；(5) 台北"故宫博物院"；(6) 美国耶鲁大学存卷七、八两卷（郑振铎旧物）	所存诸本，疑多非原刊
(二) 叶逢春刊本	通俗演义三国志史传	十卷	东原罗本贯中编次	嘉靖二十七年（1548）	书林叶逢春	西班牙马德里爱斯高里亚尔修道院存八卷	目录后题"首尾共计二百四十段"
(三) 夏振宇刊本	三国志传通俗演义	十二卷	后学罗贯中编辑		书林夏振宇	日本名古屋蓬左文库	板心题"官板三国传"
(四) 周曰校刊本	三国志通俗演义	十二卷	后学罗贯中编次	万历十九年（1591）	周曰校万卷楼	(1) 北京大学存七卷（马廉旧藏）；(2) 中国国家图书馆存六卷（李一氓旧藏）；(3) 社科院文学所存三卷；(4) 台北"故宫博物院"；(5) 日本内阁文库；(6) 日本蓬左文库；(7) 美国耶鲁大学	

续表

略称	卷端书题	卷(回)数	编撰或整理者	初刻时间	刊行者	现存处	备考
(五)余象斗刊本	批评三国志传	二十卷	东原罗贯中道本编次，仰止余象乌批评	万历二十年（1592）	余象斗双峰堂	（1）日本京都建仁等存十卷；（2）英国剑桥大学存两卷；（3）英国牛津大学存两卷；（4）英国国家图书馆存两卷；（5）德国斯图加特市存两卷	三国五处合十八卷，去重复，得十四卷，目录共计，后题"首尾共计二百四十段"
(六)余氏评林本	三国志传评林	二十卷			闽文合余象斗校梓	日本早稻田大学存十四卷	
(七)熊清波刊本	通俗演义三国全传	二十卷	东原罗本贯中编次	万历二十四年（1596）	熊清波诚德堂	（1）台北"故宫博物院"；（2）东京成篑堂（未见）	
(八)熊佛贵刊本	三国志史传	二十卷	翰林九我李廷机校正	万历三十一年（1603）	熊佛贵忠正堂	日本叡山文库存十五卷	板心题"合像三国传"
(九)天理合像本	演义合像三国志传	二十卷				日本天理图书馆	书题冠以"合像"
(十)郑少垣刊本	三国志传	二十卷	东原贯中罗本编次	万历三十三年（1605）	郑少垣联辉堂	（1）日本内阁文库；（2）日本蓬左文库；（3）日本尊经阁	
(十一)刘龙田乔山刊本	通俗演义三国志传	二十卷		疑当万历三十七年（1609）	刘龙田乔山堂	（1）日本天理图书馆；（2）英国牛津大学（后印，题"发郎斋藏版"）	目录后题"右首"尾二百四十段（正文缺刻三段目）

续表

略称	卷端书题	卷(回)数	编撰或整理者	初刻时间	刊行者	现存处	备考
(十二) 杨春元刊本	三国志传	二十卷		万历三十八年(1610)	杨春元闽斋梓	(1) 日本内阁文库; (2) 日本京都大学	
(十三) 汤宾尹校本	通俗三国志传	二十卷	东原罗贯中编次, 江夏汤宾尹校正	万历三十八年(1610)后		中国国家图书馆, 该馆又另存两卷	
(十四) 郑世容刊本	三国志传	二十卷	东原贯中罗本编次	万历三十九年(1611)	郑世容容梓行	日本京都大学	是本翻郑少垣刊本
(十五) 杨美生刊本	三国英雄志传	二十卷	元东原罗贯中演义		闽书林杨美生梓行	日本大谷大学(神田喜一郎旧藏)	
(十六) 朱鼎臣辑本	三国志史传	二十卷	古临冲怀朱鼎臣辑		建邑书林	(1) 美国哈佛大学(齐如山旧藏); (2) 英国国家图书馆	
(十七) 原本三国志传	演义三国志传	二十卷				中国国家图书馆存三卷	板心题"原本三国志传"
(十八) 美玉堂刊本	三国英雄志传	二十卷				德国魏玛存五卷	简本
(十九) 魏某刊本	三国英雄志传	二十卷	元东原罗贯□□		□□林魏□□□	中国国家图书馆存前三卷	明刊递修本

续表

略称	卷端书题	卷(回)数	编撰或整理者	初刻时间	刊行者	现存处	备考
(二十)夷白堂刊本	三国志传	二十四卷	后学罗本编次		武林夷白堂刊	日本庆应大学存二十卷	板心题"三国志"
(二十一)费守斋刊本	演义三国志传	二十卷	云间木天馆张瀛海阅	万历四十八年(1620)	费守斋与耕堂梓	日本东北大学存十六卷	封面题"李卓吾先生订",目录后题"首尾共计二百四十段"
(二十二)熊成治刊本	三国志传	二十卷	东原贯中罗本编次		熊成冶种德堂梓	中国国家图书馆存前二十卷	题"刻卓吾李先生/订正三国志传","金陵万卷楼藏板"
(二十三)李卓吾评本	三国志	一百二十回			刘君裕刻图本	台北"故宫博物院"	端题"李卓吾先生批评",实为叶昼伪作。刊本甚多
					吴观明刊本	(1)北京大学;(2)日本蓬左文库	
					明刊本	南京图书馆(王荫嘉旧藏)	
					藜光楼植槐堂刊本	(1)中国国家图书馆;(2)日本东京都立图书馆(残存);(3)日本天理图书馆等	

续表

略称	卷端书题	卷(回)数	编撰或整理者	初刻时间	刊行者	现存处	备考
(二十四)刘荣吾刊本	鼎峙三国志传	二十卷	元东原罗贯中演义		刘荣吾藜光堂	英国国家图书馆存十六卷	总目次下题"首尾共计二万四十段"
(二十五)黄正甫刊本	三国志传	二十卷		天启三年(1623)	书林黄正甫梓行	中国国家图书馆	目录后题"共计二百四十段"(正文缺刻四则段目)
(二十六)钟伯敬评本	批评三国志	一百二十回	景陵钟惺伯敬父批评,长洲陈仁锡明卿父较阅	天启间	积庆堂刊	(1)日本东京大学;(2)日本天理图书馆	
(二十七)熊飞刊本	三国志	二十卷二百四十回	元东原罗贯中演义,明温陵李载贽明点	崇祯间	熊飞雄飞馆刊	(1)日本内阁文库;(2)日本京都大学	题"精镌合刻三国水浒全传",通称"二刻英雄谱"(板心)

说明:此表所收仅限明刊本,主要参酌诸家记载,未能一一查验,当有舛误或失录。敬祈方家指海,容后补正。

第四章 对《三国志演义》的批评和《四大奇书第一种》

对《三国志演义》的批评由来甚久，有明一代已多评说。到清代初年，毛宗岗又将罗贯中这部小说重新进行整理和修改而成《四大奇书第一种》，并全面、系统而深入地批评其思想和艺术，对后世产生了重大的影响。

第一节 批评之萌生与发展

罗贯中《三国志演义》问世以后，受到广泛的欢迎，于是便有了对这部小说的批评。明代的批评，大致经历了一个从自发到自觉的阶段。

第一阶段：批评之萌生

从小说抄本的流传到刊刻初期，批评的主要方式是通过序跋杂记以及文本的小字注两方面来进行的。

在序跋与其他记载方面，如今见明弘治七年（1494）庸愚子蒋大器为传抄本《三国志通俗演义》写的《序》，指出罗贯中"留心损益"所编撰而成的这部小说，"文不甚深，言不甚俗，事纪其实"，使得读者对于"三国之盛衰治乱，人物之出处臧否，一开卷，千百载之事，豁然于心胸矣"，这是最早的批评文字。到明嘉靖元年（1522）修髯子张尚德为最早的刊本撰《引》，又说"好事者以俗近语櫽括成编，欲天下之人入耳而通其事，因事而悟其义，因义而兴乎感"。于是，读者可以从中而知"是是非非，了然于心目之下，裨益风教，广且大焉"。明嘉靖间高儒《百川书志》也说此书"据正史，采小说，证文辞，通好尚，非俗非虚，易观易入"云云。诸如此类，初步对罗贯中的小说作了粗略的评说。

在文本的小字注方面，如今见最早的批评存在于明嘉靖元年序刊本《三国志通俗演义》（其后周曰校刊本《三国志通俗演义》等小字注也有一些批评文字）。嘉元序本的小字注主要是针对小说中的字音、典故、地理等问题而作出解释，但其间也夹杂着对一些人或事进行评说。依批评出现的先后次序，其人物是曹操、马日磾、孙策、袁绍、刘备、刘表、司马徽、赵云、张飞、孔明、孙权、黄忠、华歆、夏侯霸、姜维诸人。下面主要例举对曹操等其人其事的批评，以见评说文字之一斑。

曹操在嘉靖元年序刊本小字注中，是批评得最多的人物。主要揭示他的残忍、奸雄，也不乏肯定他的才智、德行。这些批评虽并不十分准确，却也比较客观而全面，从不同角度来显现曹操这个人物形象的立体性和多重性，无疑能使读者获得某些启示。

其一，斥其残忍与忌才。如写曹操既杀吕伯奢一家又砍其于沽酒归途，还对陈宫说宁我负人、休教人负我云云，小字注批道："后晋桓温说：'两句言语，教万代人骂道是：虽不流芳百世，亦可以遗臭万年。'"（卷一）按意即指曹操此言语乃"遗臭万年"。又如曹操杖杀伏皇后并斩伏完、穆顺等宗族二百余口，小字注批："此是曹操平生最不是处。"（卷十四）这些是斥他的残忍。

再如过蔡琰庄时，对杨修已先解得蔡邕所题曹娥碑之辞，曹操后悟而大惊曰"正合孤意"，小字注批："此时操恶杨修之才高出于己，而有杀修之意。恐人议论，故佯叹而行。"（卷十五）这是责他忌才。

其二，揭其奸雄。如写曹操攻陶谦时，先怒刘备以书来劝，接着听郭嘉"先礼后兵"计而相待来使，谋再图取之，小字注批云："此是曹操奸雄之略也。"（卷三）杀仓官王垕，小字注批："史官云：虽然妄杀一人，却瞒三十万人，免致失散。此曹公能哉，而用诈谋也。"（卷四）割发权代首时，小字注批："史官曰：此乃曹操能用心术耳。"（卷四）在白门楼对吕布将张辽先欲杀之而后听关羽等求情，乃诈称"相戏之耳"，小字注批："此曹公奸雄处。"（卷四）佯责许褚杀许攸，小字注批："此是曹操奸雄处。心自有杀许攸之心，恐人议论，故诈言是也。"（卷七）曹操攻南皮时，教百姓藏避山间以免军士擒杀，小字注批："此操之奸雄也。"（卷七）以冀州未可即拔而见禾稼在田，写曹操乃"姑待秋成"攻取之，小字注批曰："此是操买人心也"（卷七）。

其三，赞其智能。如曹操尽烧在官渡之战中所获许都及军中诸人暗通袁绍的书函，小字注因史官诗称其"宽宏大度"而批曰："此言曹公能捞笼天下之人，因此而得天下也。"（卷六）对许攸以得冀州自夸为己功而曹操乃笑称之，小字注批："此是操智高处。"（卷七）曹操至袁绍府而令子丕纳甄氏，小字注批："操见其女有贵相，故知是袁熙之妻，佯呆而不问，遂令丕纳之。此是操明见，能识贵人也。"（卷七）此外，又有剖白其心胸者，如曹操在铜雀台作赋云"吾独步高台，俯观万里之山河"，小字注批："此两句有旁若无人之意。"（卷十二）

其四，称其德。如曹操杀陈宫而养其老母妻子，小字注批曰："后曹公养其母，嫁其女，待之甚厚。此乃曹公之德也。"（卷四）关羽辞曹归故主时，小字注因宋贤诗而批云："此言曹公平生好处，为不杀玄德，不追关公也。因此，可见的曹操有宽仁大德之心，可作中原之主。"（卷六）

小字注对其他人物的批评文字，数量上远不如批评曹操，而且也缺乏多重角度。只有在批评刘备时，既指出其"极枭雄"（卷六写他对关羽连杀袁绍二将，辩称此乃曹操欲借绍手而加害于己，小字注批曰："此是玄德极枭雄处"），又有其可"为君"处（如卷七写他在荆州叹髀肉复生，小字注因史官诗而批曰："此言玄德不忘患难，安得不为君乎"）。仅仅如此而已。不过对张飞的批评虽然少，却能入木三分。如写张飞在长阪桥东教从者驰骋于树林内以虚张军势，小字注批曰："粗人作细事"（卷九），乃惟妙惟肖。

总之，早期的批评文字多为片断，缺乏周密的系统性，还不够成熟，毕竟是些滥觞之作。

第二阶段：批评之发展

明万历二十年（1592）以后，随着《三国志演义》刊刻的盛行，逐渐产生了一批对之进行评点的专门著述。其间有余象斗《批评三国志传》、有题《李卓吾先生批评三国志》、有题《钟伯敬先生批评三国志》等。

余象斗双峰堂刊本，明万历二十年镌刻，诸卷端题书名"批评三国志传"（除附加文字外），封面有余氏识语谓是书请名家"校正润色批点"云。余象斗这部《批评三国志传》（以下略称余评本），是今见最早张扬对罗贯中《三国志演义》进行批评的著述。此书每叶分上中下三栏，下栏为本文，中栏为图，上栏为批评文字。每叶上栏的批评文字计有二至五则不等，各则短者为九字，长者乃至六十一字不等。每则文字前有题，作"评某某"

（或无"评"字）。批评的内容，是评说下栏本文所写的某人某事。今取所见其对于小说情节进程产生重要影响之数事（除佚卷外），以探视余评本的评说。

其一，曹操起兵讨董卓，余象斗写："【评操起义兵】董贼弑君篡国，人人所共诛者，故操一集义兵，天下英雄无不响应者，而袁绍等亦来会盟。此正激发天下大机栝。"（卷一）余评认为曹操此举，是对东汉末年形势之"激发天下大机栝"。

其二，王允施美人计以离间董卓与吕布，余象斗写："【评布入允府】王允以金冠诱吕布入己府，盛设酒馔以娱其体，命女把盏以挽其心。时布已溺其色，而允以貂蝉以投之。吾知诛卓，正在此举矣。"（卷二）

其三，在曹操对袁绍的战争中，关羽出刺颜良，余象斗写："【评曹操□兵】曹操深疾河北军马，而关公全不以为意，飞马奔刺，而径刺颜良以归功。此举可以立功报曹公矣。"（卷五）按关羽曾许曹操立功以归去，故也。

其四，周瑜荐鲁肃于孙权，余象斗写："【评瑜荐子敬】公瑾亲荐鲁肃辅权，吾知子敬至，非于江东之福，玄德亦有福荫也。"（卷五）

其五，三顾隆中时，余象斗写："【备问亮求计】不可与曹氏争锋，与孙氏为援，而当先取荆后取益，以兴王定伯于天下。此其兴刘之上策，并包海宇之宏规。便与挟一智、抱一桩以为之功勋者大不侔矣。"（卷七）按此对隆中决策的评说，很是精当。

其六，在赤壁之战时，余象斗写："【评夫人召权】吴夫人召孙权入而告以孙策之言，顿令孙权大兴北伐之志。"（卷八）此处说孙权战前因吴夫人言而召周瑜以定抗曹之策；又写"【评程昱进言】程昱进言惧火攻之难，而操贼斥其不识天时，焉知诸葛有擎转乾坤之法乎"（卷八）。此乃曹操拒有识者进谏而致大败也。

其七，赤壁战后，余象斗写："【评肃劝息争】肃劝公瑾不可与刘备共争胜负，恐曹操乘虚，东吴一失。此虽所以息争，而实意寓汉室也。"（卷九）

其八，关索荆州认父，余象斗写："【评关索认父】索以家常问于母，复以无所倚投于父，可谓能子矣。"（卷九）按余评称关索为"能子"。

其九，张松在荆州欲献川中州郡时，余象斗写："【评玄德不言】玄德之待张松而益不提起蜀时者，可以言而不言，是以不言□之者。"（卷十）

其十，东吴以刘备已取西蜀而遣诸葛瑾来索荆州时，余象斗写："【评哭求荆州】瑾见孔明大哭而求荆州，玄德以大势吓之，孔明又佯为哭状以乞哀之。此瑾为君臣之义，而亮欲掩全兄弟之情也。诈以对诈，鬼神莫测矣。"（卷十一）

其十一，姜维三伐中原时，余象斗写："【评维晓张翼】姜维援孔明图中原之事以晓张翼之谏，忠蜀之心兹可想矣。"（卷十九）

其十二，司马昭教大臣借朝廷之名以册其为晋王，余象斗写："【评昭讽朝臣】司马昭阴讽朝臣令魏主立之为主，盖欲自挽其福以之与子列也。"（卷二十）

余象斗的批评涉及人物非常广，所评之事亦复十分繁杂，虽多乏深刻，但尚可值得一观。

在明代，最有影响的批评却要算所谓"李卓吾"的评点。今知海内外尚存题"李卓吾"评本的明清刊本甚多。据《中国古籍善本书目》子部小说类著录，南京图书馆藏善本一部。南图此善本端题"李卓吾先生批评三国志"，不分卷一百二十回，每回分二则，十行二十二字，四周单边，回前有图二幅。但缺封面、序、总目，又缺牌记，故未知刊刻的具体时间与刻家。是书钤有原藏者印："荫嘉""殷泉""王氏二十八宿砚斋藏书之印"等。按王荫嘉（1892—1949），字苍虬，号殷泉，室名二十八宿砚斋，江苏吴县人。著名钱币收藏家，亦爱好金石考古、版本目录之学。此书有王荫嘉手跋二则。王跋自谓其古籍收藏范围，"余于善本，例不及隆（庆）万（历）以后"，然而"此虽万历间刻，而百二十回，精采具在，安得不破例宝之"云。《中国古籍善本书目》著录之，作"明刻本"。所见此书题"李卓吾先生批评"，其实批评者并不是李卓吾（名赞，又号宏父），而是叶昼。成书于明万历四十一年（1613）的钱希言《戏瑕》，其卷三《赝籍》说："比来盛行温陵李贽书，则有梁溪人叶阳开名昼者，刻画摹仿，次第勒成，托于温陵之名以行"；又说"于是有李宏父批点"的《三国志》等数种传奇，"并出叶（昼）手，何关于李"。所见南图藏本第九十六回回末总评有批评者答"钝士"问的一则记述，其云"一钝士问：'周鲂即欲取信曹休，亦何必截发乎？身体发肤受之父母，即为忠臣亦不得为孝子矣。'梁溪叶仲子见其腐气可掬，故谑之曰：'渠尚有深意，公未及知。'钝士急问之，曰：'何意？'曰：'渠意恐怕此事不成，欲向虎丘山中作一和尚耳。'闻者大笑。"明确点出答者乃"梁溪叶仲子"。又见第一百五回回末总评："子房、孔明公案，纷纷已久。近日梁溪仲子二语，不识有当否？附记于此。仲子曰：'子房是知致地步人，孔明是诚意地步人，不知者安言子房伪而孔明诚也。呜呼！何足以论二公哉！'"还见第一百十七回回末总评："梁溪叶仲子谑曰：'诸葛瞻三顾不差也。昔日先公曾受先主三顾之恩，今日不得不答之耳。'一笑，一笑！……"所写这些都证明批评者，乃是

"梁溪叶仲子"。按梁溪叶仲子即无锡叶昼，字文通，号阳开，又自称锦翁、叶五叶、不夜、梁无知等。清周亮工《因树屋书影》说他："多读书，有才情"，而为"诡异之行"，生平"多似何心隐"。又说："当温陵焚、藏书盛行时，坊间种种借温陵之名以行者。"诸多托李贽之评点，"皆出文通手"（第一卷）。这部题李卓吾而实乃叶昼批评的著作，除眉批外，重要的特色还在于回末总评。叶昼的回末总评，有几点是值得注意的。

（1）从创作论的角度来评说。叶昼肯定《三国志演义》一些故事情节虽非出正史或没有事实依据，但能"通俗""惊俗"。如第二十一回回末总评说："种菜畏雷，事同儿戏，稍有知之，皆能察之，如何瞒得曹操。此皆后人附会，不足信也。凡读《三国志》者，须先辨此。虽然此《通俗演义》耳，非正史也。不如此，又何以为通俗哉。"又第四十五回回末总评说："周郎借蒋干以害蔡瑁、张允，此等计策如同小儿，即非老瞒亦自窥破。谓老瞒入其计中乎，决无此事。但可入《通俗演义》中，以惊俗人耳。妙哉计也。真通俗演义也。"对此称赏不已。但是对于模仿或重复，则不以为然。如第一百九回写司马昭被困铁笼山而效历史上耿恭拜得甘泉的故事，回末总评讥讽道："作《演义》者定是记时文秀才也，一笑，一笑。"又第一百十回回末总评说："读《三国志演义》到此等去处，真如嚼蜡，淡然无味。阵法兵机，都是说了又说，无异今日秀才文字也。"第一百十二回回末总评还说："读《演义》至此，惟有打顿而已。何也？只因前面都已说过，不过改换姓名重叠敷演云，真可厌也。"叶昼对于"决无此事"（创作虚构）之出人意表的描写则称赏"妙哉技也"，而一味模仿或重复乃嗤之以鼻。

（2）从人物论的角度来评说。除关羽外，叶昼对一些主要人物的褒贬，既不是随声骂倒，也不是一味颂扬。曹操是最重要的反面人物，回末总评屡屡揭露与斥责他的奸雄行为，但也并非一笔抹煞，如第三十一回回末总评说："孟德虽国贼，犹然知民为邦本，不害禾稼。"又第四回写王允等大臣见董卓逼死帝后而背地大哭，曹操乃指出"能哭死董卓否？"回末总评盛称之道："哭死董卓之语，非有廿分识、廿分才、廿分胆，亦何敢旁若无人开此大口也。孟德人豪哉，孟德人豪哉！"对刘备、诸葛亮这些大力肯定的人物，却不无微词。第十一回回末总评说："刘玄德不受徐州是大奸雄手段，此所以终有蜀也。盖大贪必小廉。小廉之名既成，大贪之实亦随得也。奸雄举事，每每如此。非寻常人所能知也。"第八十五回回末总评还说："玄德托孤数语，人以为诚语，予特以为奸雄之言也。"至于诸葛亮，第一百三回回末总评说："孔明定非王道中人。勿论其他，即谋害魏延一事，岂正人所为。"甚至还有过激的评点，如第七十九回回末总评说："其劝杀刘封乃知借手剪蜀爪牙，实阴有所图也。蠢哉玄德，何足以知此。"还骂诸葛亮是"真千万世之罪人也"。批评言词甚为偏颇（在旁批中也可以见到类似批评，如说孔明用谋，是"妙极，恶极"，"孔明是老贼"等等）。

（3）借小说故事来讥讽道学、抨击现实。对于世间病态的揭示，如第十七回回末总评："老瞒自刽割发等事，似同儿戏，然万军悚然，兆民受福，则实事也。天下事又孰有真假乎哉。做得来，便是丈夫。可笑彼曹无用道学，口内极说得好听，每一事直推究到安勉真伪，一丝不肯放过，一到利害之际，又仓皇失措，如木偶人矣。不知平时许多理学都往那里去了。真可发一大笑也。"又第十回回末总评："曹吉利收拾英雄固可佳矣，而荀彧、荀攸、程昱、郭嘉、刘晔、满宠、吕虔、毛玠，互相推荐，真大贤也。

今人平居相聚，深知某某贤、某某才，亦自降心，亦自相下。及至己登要地，不惟不能荐也，见同党连翩而进，且巧以抑之毁之，阴以妒之嫉之者有矣。可叹也。"对于社会丑恶的暴露，如第四十回回末总评："蔡夫人短见，白白把荆州送与别人。与今之弟兄争家争献豪门者一个样子。可笑世上人，大愚不悟也。"

叶昼的批评尽管有时偏颇，言词不免于激愤些，但是敢于嬉笑怒骂。在明代小说戏曲批评史上，他是一个很有个性、有建树的评点家。

在叶昼以后，还有明末《钟伯敬先生批评三国志》和清初《李笠翁批阅三国志》。不过这两部著述影响都不算很大，故此不加介绍了。

第二节　大批评家毛宗岗

到清代初年，毛宗岗所评改的《四大奇书第一种》乃是《三国志演义》版本发展史和批评史上的一座里程碑。从此，毛本遂替代罗贯中原书及其他明刻诸本，成为三百多年来最为流行的读物。直到近年整理出版的《三国志演义》，也还往往据以为底本。

关于评改者毛宗岗的详细情况，因为史料的欠缺而不十分清楚。现在只得寻觅一些零散的记载，初步勾勒一个简单的轮廓。

第一，毛宗岗的生平

毛宗岗（1632—1709后）字序始，号子庵。江苏长洲（今苏州市）人。他的生卒年，可据所发现的毛宗岗一篇佚文之自述来确认。这篇署"康熙己丑之春，通家晚学生毛宗岗谨识"的《雉园公砆卷并遗嘱手迹合装册题跋》，是他为同里前辈乡宦蒋灿（号雉园）的会试硃卷及遗墨而撰写的短文①。他说："岁辛卯，先生延馆先君子俾冢孙云九世兄受业焉；于是予从先君子后，常得谒先生……。予屡以拙艺请政，辄蒙嘉许。时予方弱冠耳，而今忽忽已老矣。"据此而知，毛宗岗是在"岁辛卯"随受聘为蒋府塾师的父亲面谒蒋灿并屡以请益而获"嘉许"，这一年他正"方弱冠"二十岁。查明清之际"岁辛卯"，分别为明万历十九年辛卯（1591）、清顺治八年辛卯（1651）、清康熙五十年辛卯（1711）。复检清稿本《娄关蒋氏本支录·世系表》记载：蒋灿生于明万历二十一年（1593）十一月十六日，卒于清顺治十八年（1661）十一月初六，故可排除毛宗岗在万历十九年（蒋灿出生前）和康熙五十年（蒋灿去世后）这两个"岁辛卯"谒见蒋灿的可能性。又考蒋灿于明崇祯末年"坐事谪戍福建，赦归。明亡，杜门养母"（见《苏州府志·人物》本传）；其时值"退归田里，闭户著书"（见《娄关蒋氏本支录·崇祀》录载长洲知县许遇祭文）。于是，可以确定毛宗岗谒见晚年乡居"著书"蒋灿的"岁辛卯"，必定是清顺治八年。由此上推二十年，则知毛宗岗生于明崇祯五年壬申（1632）。至于卒年，当在其"而今忽忽已老"的撰写《题跋》这年春后或此后，即清康熙四十八年己丑（1709）的春后乃至其后。有年至少七十八岁。

　　毛宗岗出生在一个贫困的下层知识分子家庭。父亲毛纶，字德音，失明后乃更号声山。声山疑生于明万历三十九年辛亥（1611）或此前数年间②。有文声，浮云客子称许"其锦心绣肠，久为文坛推重"（《第七才子书》序）。曾受聘坐馆授过徒，弟子中有后为候选知县的蒋之逵（1636—

---

　　① 见陈翔华：《毛宗岗的生平与〈三国志演义〉毛评本的金圣叹序问题》，原载《文献》1989 年第 3 期，增订稿载拙著《三国志演义纵论》。

　　② 同上。

1684）等。吴侬悔庵（尤侗）还说："毛子以斐然之才，不得志于时，又不幸以目疾废，仅乃阖门著书。"（《第七才子书》尤侗序）先曾评罗贯中《通俗三国志》，子宗岗也参与其事，但为人所窃据。又评论高则诚《琵琶记》，"口授儿曹，使从旁笔记之，更使稍加参较"（毛纶自序）而成《第七才子书》行于世。毛宗岗笔录盲父对《琵琶记》评论的全部口述并加以校定，还独自撰作了《参论》。这种学术上的锻炼，对他后来评改《三国志演义》无疑具有极重要的作用。

毛宗岗曾参加过科考，获得好名次。据清光绪三十二年刊本《苏州府长、元、吴三邑诸生谱》（钱国祥辑）卷一载："顺治八年辛卯（1651）李宗师科试"共录取长洲县诸生四十名，毛宗岗名列于第三。按是科试官为监察御史李嵩阳。

毛宗岗也曾在蒋门授业。他在前面所提到的《题跋》中，开端就说："余于乐安，忝为师若友者，盖已四世云。"又说："（蒋灿）贤曾孙树存氏称乐安佳士，从余游"（按"乐安"为苏州蒋氏之郡望）。蒋树存名深（1668—1737），号绣谷、苏斋，以纂修《书画谱》得官，后至朔州知州。其诗"时露警句，名场中交重之"（沈德潜《清诗别裁集》）。他就是毛宗岗当年课徒时的一名弟子。

第二，毛宗岗的交游

蒋灿（1593—1661）：字韬仲，号雉园。长洲人。明崇祯元年进士。官至天津兵备道布政使司参议。著有《春秋讲义》《羼提斋集》《半关文稿》《津门奏疏》。他是一个"阐程朱之学"而"以朱子为宗"的理学家。为官清勤，不畏权右。后为人所中，而津民千余人却为之赴京讼冤并诉其治绩。罢官归里，入清不仕，又预留遗嘱以示对明王朝的忠心。卒后，入乡贤祠。

毛宗岗自幼即闻其"有文章、有政绩、有志节",进谒后常听之"自道其为学与为政时事",并屡蒙嘉许,深受熏陶与教诲。蒋灿"志在《春秋》,举冠麟经"(蒋铭《祖德颂》),崇尚儒家思想与忠君志节,对于毛氏评改《三国志演义》无疑产生有重要的影响。

蒋铭(1635—1669):别号新又,蒋灿孙。长洲县庠生。有《古文汇钞》十卷(桐城姚文燮序称之:"上溯周秦,下迨宋明,正据经史,旁罗诸子百家,莫不揽其要领,撷其精华,择其有益于举业者,汇而集之。")等。蒋铭与毛宗岗父子过从甚密。他见毛纶批评的《第七才子书》(琵琶记)"即抚掌称叹",并促成书稿的刊刻。毛宗岗既是其子蒋深的业师,二人在文学的艺术问题上也有所切磋。毛宗岗说:"吾友蒋新又尝云:'文章但有顺而无逆,便不成文章,传奇但有欢前无悲,亦不成传奇。'诚哉是言也。"(《第七才子书·参论》)

金圣叹(1608—1661):名采,字若采,又名人瑞,号圣叹。别号唱经子,室名沉吟楼。长洲人。清初以哭庙案被杀。著名文学批评家。有《沉吟楼诗选》,以及风行于时的评点本《第五才子书施耐庵水浒传》与评点本《第六才子书王实甫西厢记》等。毛氏父子都读过他的才子书,毛宗岗还与之有直接的学术交往。今存金圣叹尺牍《与毛序始》,谈唐代律诗问题,并招之"得便过我,试取唐律细细看之"。毛宗岗评《三国》乃受金圣叹的启示和影响。曲江廖燕(1644—1705)游吴门,撰《金圣叹先生传》说:"先生没,效先生所评书,如长洲毛序始、徐而安[庵]、武进吴见思、许庶庵为最著,至今学者称焉。"按廖燕游吴,毛宗岗尚在世,未知二人曾会面否。(按徐而庵即徐增,许庶庵即许之溥。)

褚人获(1635—):字稼轩,一字学稼,号没世农夫、石农、四雪堂主人等。长洲人。孙致弥说他"肆志于前代之载、二酉、四库之藏，靡不博览而究心焉"（《坚瓠十集序》）。有《坚瓠集》《隋唐演义》《续圣贤群辅录》《鼎甲考》等。毛宗岗曾为《坚瓠九集》写过序言，署"同学子庵毛宗岗序始氏漫题"。他的一些杂文与诗词也被收进《坚瓠集》，才得以保存流传。

金豫音（1633—1697）：名汝瑞，字豫音，号念曾。原籍彭城，在苏州青莲筑居避世。吴庠生。据苏州市博物馆藏清嘉庆二十年乙亥（1815）敬承堂重刊本《金氏重修家谱》卷七所载铭文，赞金豫音"锄强扶弱，迥出人群"，又说他因"桃源避秦"，才成为"下保之逸民"。同卷还有钱嘉的七律，也称金豫音为"筑室青莲作避秦"的"风月襟怀古逸民"。此金氏《家谱》还载毛宗岗的祝寿诗与画像赞，画像赞有云："斯何人？彭城佳士字豫音。予之与斯人交也，久已忘形，而兹乃遇之于丹青"云云。金豫音亦毛氏之友朋也。

此外，还有前辈浮云客子（即毛宗岗之师。李正学考证此人乃理学家彭珑，见所著《毛宗岗小说批评研究》）、尤侗等也相与交往。

第三，毛宗岗的著述

除《四大奇书第一种》（评改本《三国志演义》）外，今见其他文字多为零星散篇。现将其篇目罗列如下，以待于增补。

（一）理论批评文字

《参论》十四则：清康熙五年（1666）撰。见毛声山评《第七才子书》（琵琶记）载，清雍正十三年成裕堂重刊本。

（二）杂文与散文

《子庵杂录》：录载于褚人获《坚瓠集》诸集（见吉林省图书馆藏清

康熙间四雪草堂初刊本，所缺卷叶据民国间《清代笔记丛刊》本补）。注明出自《孑庵杂录》的各篇，有《朋友不通财》（《广集》卷五）、《司帑有识》（《广集》卷五）、《僧道乞诗》（《补集》卷五）、《王贵学别子诗》（《补集》卷六）、《秦桧日受铁鞭》（《秘集》卷六）、《孝道明王》（《余集》卷一）、《陈学究》（《余集》卷三）。按《孑庵杂录》疑当为毛氏所著的杂文专集。

　　坚瓠九集《序言》（见《坚瓠九集》卷前）

　　《戒角篇》（见《坚瓠十集》卷一《戒角文》条）

　　《猫弹鼠文》（见《坚瓠补集》卷一《毛序始猫弹鼠文》条）

　　《雉园公戊辰硃卷并遗嘱手迹合装册题跋》（见中国国家图书馆藏清稿本《娄关蒋氏本支录》中册）

　　《题金豫音小像》（见苏州市博物馆藏清嘉庆二十年敬承堂重刊本《金氏重修家谱》卷七）

　　《天干地支谜》四则（见《坚瓠续集》卷一《天干地支谜》条内）

　　（三）诗词

　　《庚申元旦宜振堂介五十寿》七律二首（见苏州市博物馆藏清嘉庆二十年敬承堂重刊本《金氏重修家谱》卷八）

　　《西江月·咏鳌鹤》（见《坚瓠补集》卷二《咏鳌鹤茧鹤》条）

　　《西江月·咏茧鹤》（见《坚瓠补集》卷二《咏鳌鹤茧鹤》条）

　　《临江仙·自叹》（见《坚瓠补集》卷五《焚书自叹》条）

　　《白苹香》（见《坚瓠补集》卷六《词赠周明娘》条）

　　《美女灯谜》（见《坚瓠补集》卷四《诗隐美女》条）

第三节 《四大奇书第一种》

《三国志演义》的版本繁多，这里仅就其文本之付诸板刻而言，明嘉靖元年壬午（1522）《三国志通俗演义》发于端，而至清康熙十八年己未（1679）所出毛宗岗评改本《四大奇书第一种》（下略称毛评本）为基本终结。尽管此二本并不相同，其间之所刻又多异本。至于所谓"基本终结"，就是说清康熙以后虽然还有不少板刻，书名与分卷状态或作改变，但文本大体不出毛评本的范畴。故此，在《三国志演义》文本刊行史上，可以说毛评本是最后完成的刊本。这一部文字是修改成熟、传播最广、影响最大的读本，至今三百多年一直在流传。

毛宗岗评改本《三国志演义》最早成书于清康熙间。《中国古籍善本书目》子部小说类著录《四大奇书第一种》一部，"清康熙刻本"，中国国家图书馆藏。所见是书卷端题"四大奇书第一种"（版心亦俱题"四大奇书第一种"）、"茂苑毛宗岗序始氏评，吴门杭永年资能氏评定"。六十卷一百二十回，半叶八行二十四字，四周单边。有封面，上栏刻"声山别集"（横），下栏右上刻"古本三国志"，左刻大字书名"四大奇书／第一种"（"种"字下有阴文朱印"天香书屋"一枚）。首有《序》，末署"康熙岁次己未十有二月李渔笠翁氏题于吴山之层园"。按康熙己未即康熙十八年（1679），此为是书刊刻时间。又依次有《凡例》《四大奇书第一种总目》、三国人物图四十幅、《读三国志法》。再见第二十一回等首叶板心刻"醉耕堂藏板"五字（或见第一百一十九回等首叶板心刻"醉耕堂"三字）。金陵醉耕堂为是书的刻坊。综上所见，国图藏本是最早的毛评本，书名为《四大奇书第一种》，六十卷一百二十回，清康熙十八年醉耕堂刊本。尽管毛宗岗的批评曾经师法和借鉴金圣叹《第五才子书施耐庵水浒传》，其实，是书与金圣叹并没有直接联系，然而他身后却被人变换了书名《第一才子书》并托称为"圣叹外书"，又将原康熙十八年李渔序改而伪署"顺治岁次甲申嘉平朔日金人瑞圣叹氏题"（详见陈翔华《毛宗岗的生平与〈三国志演义〉的金圣叹序问题》）。

毛宗岗对《三国志演义》的整理和批评，是在他父亲毛纶的基础上进行的。毛宗岗的主要工作，一是改定文本，二是加以评说。

先说毛宗岗对文本的修改。

毛氏主要是遵循儒家理念来整饰《三国志演义》的。在《读三国志法》（下略称《读法》）的开端，毛氏就开宗明义地提出："当知有正统、闰运、僭国之别"，以作为读此书的首要问题。罗贯中《三国志演义》的思想倾向褒刘贬曹，也基本上以蜀汉为正统的，只是尚有未尽然之处。于是毛氏"折中于紫阳《纲目》，而特于《演义》中附正之"（《读法》）。"紫阳《纲目》"即南宋理学大师朱熹所著《资治通鉴纲目》，朱氏《纲目》异于司马光《资治通鉴》而以正统予蜀汉。毛宗岗乃以理学家朱熹所说为准则，对小说进行评改时更加突出帝蜀的正统思想。例如在曹丕、刘备相继称帝的三处文字描写中，毛宗岗作了重要的修改。

其一，删减华歆、王朗等人逼迫汉献帝禅位于魏的某些激烈言辞。明嘉元序本卷十六《废献帝曹丕篡汉》写相国华歆奏称"汉祚已终"，迫汉献帝"以山川社稷禅与魏王"。当献帝表示不愿时，华歆又曰："昔日三皇五帝以德相让，无德让有德也。……'天下者，非一人之天下，乃天下人之天下也。'非陛下祖公公传继天下，宜早退之，不可久疑，迟则生变矣。"御史大夫王朗也说："陛下汉朝相传四百余年，气运已极，不可自执迷而惹祸也。"毛本第八十回则删除"华歆又曰"之古代"无德让有德"，天下"乃天下人之天下"云云，还删改王朗的威胁"不可自执迷而惹祸"而改为"迟则生变"（此原是华歆语）之词，以试图在文字上弱化反正统主义思想的过激色彩。

其二，改曹后怒骂汉献帝而变为斥责其兄曹丕等人。明嘉元序本卷十六《废献帝曹丕篡汉》写献帝泣告"汝兄欲篡汉室"时，曹后听而大怒曰："汝言吾兄为篡国之贼，汝高祖只是丰沛一嗜酒匹夫，无籍小辈，尚且劫夺秦朝天下。吾父扫清海内，吾兄累有大功，有何不可为帝。汝即位三十余年，若不得吾父兄，汝为齑粉矣。"而毛本第八十回对此乃改写曹后叹息曰："吾兄奈何为此乱逆之事耶？"当见曹洪等带剑入宫，她便大骂："俱是汝等乱贼，希图富贵，共造逆谋。吾父功盖寰区，威震天下，然且不敢篡窃神器。今吾兄嗣位未几，辄思篡汉，皇天必不祚尔。"（按毛本还有夹评云："曹后深明大义，不是女生向外。""比孙夫人之叱吴将更为激烈，不意曹瞒老贼却有如此一位贤女。"）毛本写曹后指责其兄"乱逆""篡汉"，此曹后于是便从明本的蔑视汉帝而赞同其兄夺位的撒泼妇人形象一变成为汉室正统的维护者。

其三，强调诸葛亮对刘备的劝进是为续汉统、延汉祀。明嘉元序本卷十六《汉中王成都称帝》写曹丕即帝位后，孔明便对刘备说："曹丕竖子尚且自立，何况王上乃汉室之苗裔乎？"按这里写诸葛亮指曹丕是"竖子"，说这个小子尚自立为帝，而作为汉家子孙的刘备更应具有称帝的资格。此语虽有尊刘贬曹的意思，但是难免于"何必相比并"（见《二刻英雄谱》

本第一百六十回旁批）之讥。于是，毛本第八十回便改作"曹丕篡汉自立，王上乃汉室苗裔，理合继统以延汉祀"，则强调刘备为"继统以延汉祀"便可称帝，然而刘备未即应允。嘉元序本还写诸葛亮又说："今主上所有文武官僚数百余员，皆欲主上为君，共图爵禄，光显祖宗。不想主公坚执不肯，多官皆有怨心，不久必尽散矣。"此说孔明认为，百官拥立之目的是为"共图爵禄，光显祖宗"，如不即位，便会"尽散"，后果非常严重。然而毛本将原本文字加以修改，写诸葛亮说："目今曹丕篡位，汉祀将斩，文武官僚，咸欲奉大王为帝，灭魏兴刘，共图功名。不想大王坚执不肯，众官皆有怨心，不久必尽散矣。"毛本虽然也写及众官可能会有"怨心""必尽散"，但是他们拥奉刘备是由于"汉祀将斩"而要求"灭魏兴刘，共图功名"，这与嘉元本所写大有差别。不仅正文修改如此，毛宗岗还把明本中的原段目"汉中王成都称帝"改作政治倾向更加强烈的回目："汉王正位续大统"，以突出刘备之被劝进称帝是完全合乎儒家礼制规范的"正位续大统"行为。

在《四大奇书第一种》中，毛宗岗主要通过整理回目、增删细节、修改文辞、削除论赞、更换诗赋等，来突出地宣扬尊刘贬曹的正统观念以及古代君主制度下的宗法伦理道德，同时也强化了儒家的民本思想。在叙事技巧、语言文字修饰等方面也都有显著的提高，大大增强了整部小说的艺术表现力。

再说毛宗岗的批评及其理论贡献。

毛宗岗最突出的成就，还是在于对这部长篇历史小说所作的理论批评。今见《四大奇书第一种》书首有《读三国志法》以及书中的批语，都是理论批评文字。其批语依所在的位置可分为四类：回首评、夹批、眉批和旁批。

旁批极罕见，眉批也很少，内容都是些简短的注释文字（字音与地名的注释），未必全出于毛宗岗的自撰。最可值得注意的，应该是回首评和夹批。这些批评文字数量多，内容丰富，分析深入。在毛宗岗以前，诸明本已有初步的评说，但有的还不够成熟。直到毛宗岗才通过《读法》与回首评、夹批等，形成全面而系统的批评。除了进行思想评论外，他还从理论的角度，提出了一些独到的重要见解。

（一）"一定"史事与"匠心"相结合的历史小说观。

在《读法》中，毛宗岗既指出《三国志演义》与历史著作《史记》的区别，又认为与《水浒传》也有很大的不同。他说："（《水浒》）无中生有，任意起灭，其匠心不难。终不若《三国》叙一定之事，无容改易，而卒能匠心之为难也。"所谓"一定之事"，即指历史上不能任意"改易"的事实依据。有没有"一定"的历史依据，是历史小说与其他一般创作小说（包括《水浒》）的区别。

对《三国志演义》评价的分歧，其中一个重要原因是出于对历史小说特点认识上的不一致。毛宗岗所师法的金圣叹虽已正确区分历史著作与艺术创作的界限，指出"《史记》是以文运事，《水浒》因文生事"，但对特殊形式的《三国志演义》评价不高，说它"如官府传话奴才，只是把小人声口，替得这句出来，其实何曾添减一字"（《读第五才子书法》），责之不能"因文生事"去"改易""一定之事"而如同"传话奴才"一般。民国间，胡适也有类似看法，认为这部小说"拘守历史的故事太严，而想象力太少，创造力太薄弱"（《三国志演义序》）。但是史学家章学诚则又从"实则概从其实"出发，指责《三国志演义》"七分实事，三分虚构"，以致虚实"错杂"而"淆人"视听（《丙辰札记》）。其实，他们对历史小说这种特殊的艺术形式都缺乏真切的了解。

在毛宗岗看来，《三国志演义》这部历史题材的艺术作品，所叙述的既是历史上的"一定之事"，但毕竟又是作家运用艺术"匠心"再创作出来的一部小说。正由于这是作家运作"匠心"的产物，乃不能完全用"实则概从其实"来衡量。然而，《三国志演义》"匠心"的运作又是不可超越"一定之事"的这个大范畴，即只容许在史实基础上发挥其艺术创造的能动性，却不能像《水浒传》那样可以任意想象与虚构。尽管《三国志演义》与《水浒传》各自在创作中都运用"匠心"，但是从有无"一定之事"范围来说，前者的难度则要比后者大。毛宗岗关于历史小说的这些独到见解，是对小说批评发展史作出颇有价值的理论贡献。

（二）构建《三国志演义》人物论。

历史小说同其他叙事作品一样，成功的关键在于人物形象之塑造，毛宗岗对此深有认识。在《读法》中，他明确指出"人独贪看《三国志》者"是在于这部小说出色的人物描写。由此，他较为全面而系统地构建了自己的《三国志演义》人物论。他的人物论，包括有以下几个要点。

毛宗岗认为，《三国志演义》成功地塑造"三绝"典型性格。在所描写的全部人物中，他说："吾以为《三国》有三奇，可称三绝。"分析了诸葛亮形象的出处行为，他指出"历稽载籍贤相林立，名高万古者莫如孔明"，"是古今来贤相中第一奇人"。他分析了关羽形象，指出"历稽载籍名将如云，而绝伦超群者莫如云长"，"是古今来名将中第一奇人"。他又分析曹操形象，指出"历稽载籍奸雄接踵，而智足以揽人才而欺天下者莫如曹操"，"是古今来奸雄中第一奇人"。毛宗岗还说："有此三奇，乃前后史之绝无者"，故能使人"愈不得不喜读《三国志》也"。以《三国志演义》所描写的这三个典型为"三奇""三绝"之说，是小说理论批评史上的一大创获，尽管难免还有所偏颇，但是影响深远。

毛宗岗认为，这部小说除"三绝"外，还描写了许多以其性格行为之专擅而夺人耳目的种种人物。例如有善于"行军用兵"之周瑜、陆逊、司马懿，有明于"料人料事"之郭嘉、程昱、荀彧、贾诩等，有"武功将略，迈等越伦"之张飞、赵云、黄忠、严颜、张辽、徐晃、徐盛、朱桓，有"冲锋陷阵，骁锐莫当"之马超、许褚、典韦、张郃、夏侯惇、黄盖、周泰、甘宁、太史慈等。又有徐庶、庞统之"运筹帷幄"，姜维、邓艾之"智勇"，曹植、杨修之"颖捷"，诸葛恪、钟会之"早慧"，司马徽之"知贤"，孔融之"忤奸"，祢衡之"斥恶"，吉平之"骂贼"等等。这些人物的性格与行为，也都给读者留下十分深刻的印象。

毛宗岗深入地揭示人物形象的个性特点。他认为《三国志演义》所写的重要人物性格，既具有高度概括性，又有显著的个性特征。例如作为一代"奸雄"的曹操，被描写成了"有似乎忠""有似乎顺""有似乎宽""有似乎义"，具有前代王莽及至后来的王敦、桓温、刘裕、李林甫、韩侂胄等人的共同性格，是一个被集中概括起来的古今历史上的奸雄形象，然而又超越其中的每一个人。他还指出，曹操与董卓尽管都以反面典型而并称于该时代，但是二人情形又很不相同："观董卓行事，是愚蠢强盗，不是权诈奸雄。奸雄必要结民心，奸雄必假行仁义。……后人并称卓、操，孰知卓之不及操也远甚"（毛评本第六回回首评）。揭示了曹操之"奸雄"的最基本个性特征，是在于他"欺天下"的"权诈"行为。而且曹操之"权诈"，至死未改。毛宗岗评小说所写曹操之遗命，乃说道："曹操平生无真，至死犹假，则分香卖履是也；临死无真，死后犹假，则疑冢七十二是也。"

深刻地暴露其"真奸雄之尤"的面目（毛评本第七十八回回首评）。至于评说其他典型人物的个性化描写，也多类此。如对待徐州守将车胄，小说写刘备之"不欲"杀而关羽却已先杀之。毛宗岗说："英雄作事须要审势量力，性急不得。玄德深心人，故有此等算计，云长直心人，别无此等肚肠，两人同是豪杰，却各自一样性格。云长之不及玄德者在此，玄德之不及云长者亦在此。"（毛评本第二十一回回首评）。既说刘备与关羽"同是豪杰"，又深入地揭示出他们性格上的不同：一个是"深心人"，一个是"直心人"（此回夹评也强调玄德"是深心人"、云长"是直心人"的说法）。再如毛本第三十五回回首评比较了关羽、张飞与赵云的性格，指出："三人忠勇一般，而子龙为人又极精细、极安顿。一人有一人性格，各各不同，写来真是好看。"毛宗岗关于人物描写个性化的这些见解，丰富与发展了批评家叶昼、金圣叹的典型学说。

《三国志演义》中灿若群星的人物形象，乃来自三国时代的人才"大都会"。毛宗岗认为："古今人才之聚，未有盛于三国者也。"在这个时期，有如前代之"丰沛三杰""云台诸将"、后代之"瀛洲学士""杯酒节度""砦市宰相"等种种各色人物群，"分见于各朝之千百年者，奔合辐辏于三国之一时"。《演义》编撰者正是从这个时代"人才一大都会"出发，"入邓林而选名材，游玄圃而见积玉"。因此，据之而描写出来的种种人物形象的光彩，则能使"吾于《三国》有观止之叹矣"（《读法》）。

（三）关于艺术结构论。

结构问题是文学艺术创作中一个十分重要的问题。毛评本对此非常重视，进行了多方面的研究和探讨，提出了一些新见解。

毛宗岗提出，《三国志演义》具有艺术结构完美的整体统一性问题。

首先从叙事的分合角度来看，他认为"《三国》叙事之佳，直与《史记》仿佛，而其叙事之难，则有倍难于《史记》者"。因为"《史记》各国分书、各人分载"，而"分则文短而易工"；《三国》则不然，合各传而"总成一篇"，"合则文长而难好也"（《读法》）。他还说，《三国》优胜于其他诸多小说。历史小说《列国志》"因国多事烦，其段落处，到底不能贯串"，意即指其各段分说而未能联络成一个有机的整体。然而《三国志演义》这部小说，"自首至尾，读之无一处可断其书，又在《列国志》之上"。《三国》结构，也比《水浒传》《西游记》好。众所周知，《水浒传》是各自独立故事（如武十回、宋十回）的联缀，带有纪传体的痕迹。至于《西游记》其间缺乏贯串，如金圣叹所说此书"只是逐段捏捏撮撮，譬如大年夜放烟火，一阵一阵过，中间全没贯串，便使人读之，处处可住"（《读第五才子书法》）。毛宗岗关于《三国志演义》艺术结构完美统一的见解得到后人的赞同。清谢鸿申在《答周同甫书》中也谈《三国》的结构胜过《水浒》《列国志》诸书，说："愚谓《水浒》非《三国》匹也。"又说："《三国》人才既多，事迹更杂，且真迹十居八九，如一团乱丝，既不能寸寸斩断，复不能处处添设，若自首至尾有条不紊，固极难矣，而又各各描摹，能不遗漏，似觉更难，乃作者好整以暇，安置妥帖，令人不觉事迹之繁多，而但觉头绪之清楚，以《列国志》较之，优劣自见矣。"（《东池草堂尺牍》卷一）清洪秋蕃赞许《红楼梦》组织结构严谨而以之与《三国志演义》相并比，说"《红楼》妙处，又莫如穿插之妙。全传百余人，琐事百余件，其中穿插斗笋，如无缝天衣，组织之工，可与《三国志演义》并驾"（《红楼梦抉隐》）。

对于《三国志演义》的结构布局，毛宗岗在《读法》中说："《三国》

一书总起总结之中，又有六起六结"。所谓"总起总结"，即指小说所写
的总体结构："叙三国不自三国始也"，"始之以汉帝"；"叙三国不自
三国终"，"终之以晋国"。是说全书不直接以"三国"事为其始末，而
起于汉末止于晋初。所谓"六起六结"，是指小说所写故事的布局内容有
六条线索，即其一叙献帝则以董卓废立为起而以曹丕篡夺为结，其二叙西
蜀则以成都称帝为起而以绵竹出降为结，其三叙刘关张三人则以桃园结义
为起而以白帝托孤为结，其四叙诸葛亮则以三顾草庐为起而以六出祁山为
结，其五叙魏国则以黄初改元为起而以司马受禅为结，其六叙东吴则以孙
坚匿玺为起而以孙皓衔璧为结。他深刻地指出："凡此数段文字，联络交
互于其间，或此方起而彼已结，或此未结而彼又起，读之不见其断续之迹，
而按之则自有章法之可知也。"

艺术结构方法源于作家对事物的深入观察。毛宗岗说："古事所传，
天然有此等波澜，天然有此等层折，以成绝世妙文。"（《读法》）又指
出撰者要"观天地古今自然之文，可以悟作文者结构之法矣"（毛本第
九十二回回首评）。

（四）关于艺术表现方法论问题。

在批评《三国志演义》之前，毛宗岗已十分重视对叙事作品的艺术表
现技法的探讨与研究。他的《第七才子书（琵琶记）·参论》提出："文
章不曲折则不妙"，叙事要"有逆有悲"，"用笔回环交互"，作文要"极
闲处都有针线"。又以唐诗与曲本《琵琶记》为例，指出遣词造句间应将
热闹与悲凉、华丽与凉淡、雄壮与惨寂、似喜与似悲等前后迥别的情景交
织在一起，相反而相成，就会造成强烈的美学效果。他还说：写景则应"将
写长空万里，先写楚天雨过，亦如将写新月一钩，先写晚来雨过"，写人

则"可于悲中见喜,可于喜中见悲,可于冷中寓热,可于热中寓冷,可于苦中得甘,可于甘中得苦"。这些充满着艺术辩证法光芒的探索,是他为日后批评《三国志演义》的先导。

毛宗岗浓墨重彩地对《三国志演义》的艺术表现方法,进行全面、系统而深入的分析与批评,取得了小说批评史上令人瞩目的丰硕成果。尽管有些批评曾经汲取与借鉴过前人(包括金圣叹)的见解,但是他加以综合和融化之后,则带有自己的鲜明的理论色彩。

通过细致的分析和深入的批评,毛宗岗较为科学地总结出《三国志演义》叙事十二法(见《读法》),其中不无前人未所道及的新见。例如在论说叙事十二法之"补锦""匀绣"法时,毛宗岗指出:"《三国》一书有添丝补锦、移针匀绣之妙。凡叙事之法,此篇所缺者补之于彼篇,上卷所多者匀之于下卷,不但使前文不沓拖,而亦使后文不寂寞;不但使前事无遗漏,而又使后事增绚染。此史家妙品也。"变更时间顺序而进行穿插,以求得叙事文字在结构上的均衡与匀称,文字既"不沓拖"而叙事又"无遗漏",氛围既"不寂寞"而却能更"增绚染"。这些是金圣叹未所论及的。

毛宗岗对这部小说艺术描写的分析非常具体细腻,其批评时出精到之论。例如小说写诸葛亮之将要出场,他认为是用虚笔先声夺人。毛评本第三十五回回首评道:将有南阳诸葛庐,先有南漳水镜庄以引之,将有孔明为军师,先有单福以引之,而单福亦不肯自道其真姓名,所写"隐隐跃跃,如帘内美人,不露全身,只露半面,而令人心神恍惚,猜测不定。至于诸葛亮三字,通篇更不一露,又如隔墙闻环佩声,并半面亦不得见。纯用虚笔,真绝世妙文"。至第三十六回回首评又说:"徐庶往见而孔明作色,却又落落难合。写来如海上仙山将近忽远。"第三十七回回首评说:"此篇极写孔明，而篇中却无孔明。盖善写妙人者不于有处写，正于无处写。……孔明虽未得一遇，而见孔明之居则极其幽秀，见孔明之童则极其古淡，见孔明之友则极其高超，见孔明之弟则极其旷逸，见孔明之丈人则极其清韵，见孔明之题咏则极其俊妙。不待接席言欢，而孔明之为孔明，于此领略过半矣。"毛宗岗的批评，将《三国志演义》所写诸葛亮正式登场前的文字表现划分为三个层次。第一层是"半面"不见，"如隔墙闻环佩声"；第二层是其人"如海上仙山将近忽远"；第三层是在"无处写"，虽仍未得一遇，却见到其居、其童、其友、其弟、其丈人，读者至此则对其人"领略过半"。诸葛亮是全书的中心人物，毛宗岗深刻揭示编撰者以"虚笔"来渲染这个人物出场的艺术手法，评析十分精当。

此外，毛宗岗对于"用逆"（即对比）、"衬染"、"数层出落"（即层层显现）、"历落参差"等等艺术手法，都有独到的精辟论述。这些不仅发原著的幽微，而且也大大有助于提高广大读者的艺术鉴赏力。

毛宗岗是十七世纪中国一大小说批评家。他有浓厚的正统观念，同时又有故国之思的民族情感；师法于金圣叹评书，而又有精到的独自见解。他所改定的《三国志演义》（即《四大奇书第一种》）流传至今，一向受到读者的欢迎。他通过批评而建立起来的历史小说理论，填补了中国小说研究史上的一个空白。

第五章　《三国志演义》的影响

《三国志演义》问世以来，这部小说在中国境内广泛、深入而经久不息地流播，其影响还逐渐远被于域外诸国。这是一部世界性的古典小说名著。

第一节　文本的传播、再创作及对
其他编撰小说之影响

《三国志演义》及其故事在中国境内流传的主要途径，一是小说文本的反复刊行及其翻译成少数民族文字的传播，二是续书及再创作，三是改编成戏曲在城乡舞台上搬演，四是在书场上进行说唱。这些传播活动促使其影响的日益扩大。

第一，小说文本的大量刊行和少数民族语文的译传。

据不完全的统计，今存《三国志演义》诸明刊本三十多种，而最后形成的定本即清毛宗岗评改本约达百数十种。清至民国间，刊印毛本的书坊遍布于全国各地。查著录或直接见书（包括书影）所得知，曾经印过毛本的部分原书坊在今省市域内者，在北京有：北京宝翰楼、京都三槐堂、京

都文成堂、京都文兴堂、京都琉璃厂宝经堂、京都打磨厂文盛堂、文英堂；在天津有：天津文成堂；在河北有：保阳万卷楼，新城王氏文英堂；在山西有：晋祁书业德；在山东有：东昌书业德、潍县成文信，周村三益堂；在江苏有：醉耕堂、金陵致和堂、金陵敦化堂、金陵文英堂、聚锦堂，镇江文成堂，苏州绿启堂和记、古吴怀德堂、古吴三槐堂、吴郡宝翰楼、金阊书业堂、金阊绿荫堂、金阊艺海堂、姑苏荣茂堂，海虞顾氏小石山房、常熟珍艺堂、同德堂，扬州同文堂、维扬爱日堂、维扬文盛堂、艺古堂；在上海有：上海善成堂、上洋扫叶山房、上洋江左书林、上洋务本堂、上海广益书局、上海锦章书局、上海铸记书局、上海图书集成局、著易堂、点石斋、同文书局、广百宋斋、鸿文书局、文瑞楼、中原书局、群学社、尚古山房、时中书局、蒋春记；在浙江有：武林顾氏务本堂、古越三余堂；在福建有：长汀四堡村维经堂；在广东有：广东大文堂、羊城文光堂、羊城古经阁、天平街维经堂、纬文堂，佛山翰宝楼、东粤佛镇三元堂；在湖南有：长沙周氏大文堂、龙溪萃文堂、澹雅书局，宝庆经纶堂、益元堂书局；在重庆有：重庆善成堂、重庆宏道堂；在四川有：成都大道堂、成都英德堂、成都蔡照书屋、蓉城同文公会，泸州宏道堂；在陕西有：朝邑世德堂，延川金世德堂等等。这不过只是一个挂一漏百的名单。此外，印行毛本而失知其所在地区的原书坊，有如筑野书屋、郁郁堂、富春堂、启盛堂、怀颖堂、右文堂、金谷园、六合堂、麟玉楼、大魁堂、大酉堂、集古堂、青云楼、翠筠山房、嵩山书屋、同志堂、经国堂、渔古山房、经纶堂、怀德堂、文英堂、聚德堂、永安堂、有益堂、新华图书局、兴贤堂等。现今还存有为数很多的清残本。可见当时全国诸地都加翻印，拥有非常庞大的《三国志演义》读者群。

　　最早由汉语翻成民族文字的是清人入关前的达海所译满文。据《清太宗实录》卷十二载："天聪六年七月庚戌，游击巴克什达海卒，时年三十八。……时方译《通鉴》《六韬》《孟子》《三国志》及大乘经，未竣而卒。"《清史列传》所记亦同。此《三国志》即小说《三国志演义》。达海始译是书的时间，是在后金（清）太宗皇太极天聪六年即明崇祯五年（1632）七月前。按清昭梿著《啸亭续录》卷一却作"崇德（1636—1643）初"译，魏源《圣武记》卷十三、陈康祺《燕下乡脞录》卷十等又俱作"崇德四年（1639）"译。昭梿等谓达海译《三国志演义》于"崇德"间诸说，实将译事系于其人身后，俱不可从。至于达海所译的文本，民国间北京大学满文教师鲍奉宽遗稿《清初之翻译三国志》一文说："《三国志》即旧本罗贯中之《三国志演义》，非今世行毛氏改订金氏批评者。旧翻《三国志》，世少传本，余藏有蓝布封面高丽纸写本第二十二卷一册，无汉字，其目录四则云：'孔明秋夜祀泸水（今本为祭泸水汉相班师）孔明初上出师表（今本为伐中原武侯上表）''赵子龙大破魏兵（今本为赵子龙力斩五将）诸葛亮计取三郡（今本计作智）'。审其纸料字体并墨色，断为清初东都旧物初翻之本。"[①]奉宽原藏此"东都旧物初翻"本，当乃达海所译旧物或其抄件，但现已不知下落。

　　至今传世的满文译本《三国志演义》，是清人入关初期的重译本。清顺治初年，摄政王多尔衮谕内三院："着译《三国志演义》，刊刻颁行。此书可以忠臣、义贤、孝子、节妇之懿行为鉴，又可以奸臣误国、恶政乱朝为戒。……应使国人知此兴衰安乱之理也。"学士查布海等满族文臣遵

──────────

　　① 载《华北日报》1947年11月7日副刊《俗文学》第19期。按新麟《北京的评书》说："奉宽，旗人，姓鲍，北京大学满文教师，著有《妙峰山琐记》。书法学颜，写的苍劲有力。"其人喜听评书。（见《北京文史资料选辑》第16辑）

奉谕旨进行重新翻译，由大学士祁充格及汉族官员范文程、冯铨、洪承畴等满汉大员参与"总校"。至世祖顺治七年（1650）译成刊行。此顺治间满译初刊本共二十册，包背装，半叶九行。所刻字形刚劲、古朴。卷首有译印谕旨。国内仅有三处见藏：北京故宫博物院图书馆和大连图书馆均藏有完整的刊本，中国国家图书馆藏十六册残本。这三处藏本俱已被列为国家珍贵古籍名录。

此外，清雍正间又有满汉文合璧刊本共四十八册，半叶满汉文各七行。满文同顺治间刊本，汉文刻在满文之右。其汉文"玄""贞"字避讳而"弘"字不避讳，当知此本为雍正间物。另据《八旗艺文志》载，和素也曾有《三国志演义》满译本。按和素（1652—1718），清康熙间曾任内阁侍读学士，还译有《金瓶梅》等。

清人十分重视《三国志演义》的实际应用，曾将之当作政治和行兵战略的参考。在入关前，昭梿记载清太宗皇太极已"以为临政规范"（《啸亭续录》卷一）。定鼎中原后，朝廷颁布重译本，陈康祺说："国初，满洲武将不识汉文者，类多得力于此。"（《燕下乡脞录》卷十）

在清代，小说《三国志演义》还由满文译本转译成蒙古族文字、锡伯族文字等，在诸少数民族中流传，也受到广大民众的喜爱和欢迎。

第二，小说的续书与反案之再创作。

《三国志演义》是中国长篇小说的开山之作，明清及至近代小说家无不受之影响。清刘廷玑曾说："近来词客稗官家，每见前人有书盛行于世，即袭其名，著为后书副之，取其易行，竟成习套。有后以续前者，有后以证前者，甚有后与前绝不相类者，亦有狗尾续貂者。"又指出《三国志演义》之后，而"《东西晋演义》亦名《续三国志》，更有《后三国志》，与前绝不相侔"（《在园杂志》卷三）。六百年来，《三国志演义》的所谓后续小说之作计有十多种，大体上可以分为三类：其一为"后传故事"，如明酉阳野史《新刻续编三国志后传》十卷（详下），清梅溪遇安《后三国石珠演义》三十回（详下）；其二为故事的新编或反案之作，如清珠溪渔隐《新三国志》二十八回（清宣统元年小说进步社刊本），清陆士谔《新三国》三十回（详下），徐捷先《反三国》（见魏绍昌《鸳鸯蝴蝶派小说书目索引》反案类著录），周大荒《反三国志》八卷（详下），竞智图书馆《貂蝉艳史演义》十八章；其三为交代三国由来或人物转世故事，如明《闹阴司司马貌断狱》（《古今小说》第三十一卷），清广州五桂堂刊本《新刻半日阎王全传》（一名《新刻三国名人故事》），清醉月山人《三国因》，雄辩士《三国还魂记》（上海春秋小说社1917年版），四明三余堂《盖三国奇缘》（宁波大酉山房1927年版）等。第三类故事多民间传说，与小说《三国志演义》的直接关系不大，姑且勿论。以下仅对前两类中具有代表性的作品，加以简要的叙说。

（一）三国志后传故事：

今见最早的续书是《新刻续编三国志后传》（下略称《续三国志后传》）十卷一百三十九回，题"晋平阳侯陈寿史余杂记／西蜀酉阳野史编次"，明万历三十七年（1609）刊本。上海图书馆所藏的一部，《中国古籍善本书目》子部小说类加以著录。这部小说写蜀汉被灭到西东晋司马氏王朝时期的故事。卷首有无名氏《引》指出，读《三国志演义》至末卷，"见汉刘衰弱"，"又见关、张、葛、赵诸忠良反居一隅，不能恢复汉业"，及观汉后主复为司马氏所并，"诚为千载之遗恨"。于是，编撰者遂因西晋末年刘渊父子自称汉氏苗裔，则借其崛起而剪晋事，以为三国时蜀魏斗争之继续，乃"追踪前传（即指《三国志演义》）"，敷衍成小说，"以泄万世苍生之大愤"。小说的首回开端也说：是书"假手苗裔，夷凶剪暴，使汉祀复兴，炎刘绍立"。其间叙蜀汉梁王刘理之子刘琚（一作后主刘禅幼子）为"图兴复"而出奔北地，改名为刘渊字元海，投北部匈奴。在左国城被拥为汉天王，遣兵略地，遂建都平阳。先后相继来佐助的蜀汉诸功臣后裔，有诸葛亮之孙诸葛宣于、张飞之孙张实与张宾、赵云之孙赵勒（后改称石勒），以及关羽之孙关防兄弟与关心（关索子）^①等。刘渊汉军攻晋都洛阳，于是刘曜（蜀北地王刘谌之子）入都城，俘晋怀帝，又纳晋惠帝羊皇后为妻。刘渊死，其子刘聪继为汉主，但不听劝谏，诸功臣后裔纷纷离去。至刘粲（聪子）即位，都城大乱。平叛后，刘曜自立为前赵皇帝于长安，石勒（即赵勒）亦都襄国称后赵皇帝。按此《续三国志后传》故事虚妄渺茫，但在前代已见传闻。元刊《三国志平话》下卷之末有云"刘渊兴汉巩皇图"，写汉帝（后主）降晋王，外孙刘渊投北而聚众数十万，"认舅氏之姓曰刘"，称汉王，都平阳府，灭晋国，祭汉家宗庙。至清刘方（字晋充）又据《续三国志后传》而改编成传奇《小桃园》，演刘渊（北地王谌之子）、关谨（羽之孙）、张宾（飞之孙）、诸葛宣于（亮之孙）、赵勃（云之孙）、姜发（维之孙）六人在小桃园结义，起兵破晋而复汉。事虽荒诞，但可见其亦是三国小说故事影响下的产物。

接续前传故事的还有《后三国石珠演义》三十回，题"梅溪遇安氏著"，

---

① 《续三国志后传》写关心是蜀征南将军关索之子，与姜维之子姜发兄弟共投刘渊，从汉太子刘聪攻西河。关心战晋太守吕钟兄弟时，对关防等说：可"用我母祖传鲍家庄红锦套索之法，将吕钟拖翻下马"，乃俘获吕钟（魏吕虔孙）。又从汉军攻长安，克茂陵。平阳大乱时，关心等赴长安哭告刘曜。其后，因刘曜拒谏，便与大臣姜发等弃职而走西川。在这部小说中，关心虽非主要人物，但作为关索之子，他的存在也是不可忽视的。从中当还可寻见，此前关索及鲍三娘故事之遗迹。

清初耕书屋刊本。上海图书馆所藏本，见《中国古籍善本书目》子部小说
类著录。这部小说叙西晋时中原扰攘之际，谪世仙女石珠在潞安州发鸠山
起兵反晋。其间，刘弘祖已由龙门山之肉球化成小孩，为平阳府刘员外收
养。弘祖号元海，小名刘神宵。后刘元海会同石季龙、慕容廆等投奔发鸠山，
大元帅石珠乃以之为兵马副元帅。夺取太原后，石珠自称赵王，养石勒为
从子。刘元海率赵军取邺都，攻河内，进洛阳，然后班师。石珠传位于刘
元海，仍归发鸠山修行。于是，刘元海即位为汉王，封石勒为赵国公。王
后乌梦月生太子刘曜。其前友石季龙等也都各有完满的结局。是书颇多神
魔描写，所叙晋事以接前传三国故事外，还可以看到多处前传的影响。如
第十八回写赵军攻河内时缚"草人"以谋取晋军箭弩的情节，实出前传诸
葛亮"草船借箭"故事。又如第二十六回写晋将坚守渑池城不出，刘元海
乃"亲自修书一封，并一小盒，盒内藏妇人红裳、荻髻"，差人送往，晋
将见之而谓："视我为妇人"云云。此当出自前传诸葛亮赠巾帼辱司马懿故事。

在中国国家图书馆又见清刊本《三国演义续编》（一题《后三国》）
十二卷，乃明刊《东西晋演义》重刊本。另据大塚秀高《增补中国通俗小
说书目》著录，明代《两晋志传》的成都英德堂重刊本，亦"一名《后三
国通俗演义》"。这些仅因故事发生年代上的后续缘故，即所叙之晋事承
接于三国，故乃被冠名为"续编""后三国"而刊行之。

（二）新编故事和反三国志：

《新三国》五卷三十回，陆士谔著，清宣统元年（1909）上海改良小
说社石印。封面题"社会小说"①。首有清光绪三十四年（1908）古越孟

---

① 　《新三国》，又有民国十七年（1928）上海亚华书局再版排印本，书名改题《新
三国义侠传》，作四卷三十回（即将原前两卷并为一卷，分回未变）。原封面所题"社会小说"，
亚华书局本也改称"武侠小说"。

叔任序。按陆士谔（1878—1944），名守先，字云翔，以号士谔行。江苏青浦（今属上海市）人。著小说《南史》《清史演义》《新水浒》《血滴子》《江湖剑侠》《最近上海秘密史》等百余种，评点侠义小说《江湖铁血记》，又与人合编小报《金钢钻报》。还善岐黄术，有《医学南针》等十多种。

陆著《新三国》这部小说，借三国时的旧人物以鼓吹立宪改良的新主张，并反"旧三国"之分裂而归于新一统。是书叙吴魏蜀三国各自分别进行变革。东吴维新最早，取得荆襄为属地后，又欲与波斯国联盟以自固国基。但是糜财而致民穷，国家陷于困境。魏主曹丕为应付革命党起事而变法，但是其国内司马懿父子"三马专政"，十分腐败，革命党管宁仍还组织起军政府并刺杀了洛阳留守将军夏侯尚。蜀国丞相诸葛亮曾在五丈原病危，已幸得华佗救治而愈。他此时观察吴魏变法，认为所行者均为新政之皮毛，"虽甚美观，无甚实效"，而变法之本却在于"须使人民与闻政治"。于是，奏请后主颁布宪法，选举议员而成立上下议院，议可国家大事，进行各项改革，结果乃使国力大增。然后，身为内阁大臣的诸葛亮率师大举北伐，出祁山，占长安，又分兵两路：自取洛阳，命姜维破宛城，达许昌城下会合。当时贾充献门，姜维入城而生擒曹丕，孔明班师时乃押之至成都处决。司马懿父子见无处存身，便逃往外洋。随后，东吴沦为汉国的保护国、殖民地，孙亮虚拥皇帝名号，无奈只得纳土称臣，乃被封为归命侯。至此，三分归一统，刘汉已复中兴。诸葛亮见功成思退，回到南阳故里，悠游林下。后主也对政事倦怠，退为太上皇，遂传位于游历外洋回国的北地王刘谌，改明年为隆治元年。其"歼吴灭魏，重兴汉室，吐泄历史上万古不平之愤气"，实则就是隐指当时所流行"驱除鞑虏，恢复中华"的召唤。陆士谔在《开端》中称编撰《新三国》的意图是要"悬设一立宪国模范"，而其出于空中楼阁之思乃以蜀汉为"立宪国模范"。这部小说不仅是为了翻历史之旧案，而且还借以表现作者改造社会、重振中国的思想，在当时具有一定的影响力。

又有《反三国志》八卷六十回，周大荒撰。作者民国八年（1919）在河州（今甘肃临夏市）军府作幕时，有感于诸葛亮出兵天水之事，始撰《反三国志》前三回。民国十三年（1924）他应聘为北京《民德报》编辑，乃逐日续写以连载于该报，历时两三月而完帙。次年由民德报社出版单行本，到民国十九年（1930）再由上海卿云图书公司出版修改本。（按"卿云"再版本的书题改作《反三国志演义》，卷前有吴佩孚序、樊钟秀序、叶德辉题词等。）此书开篇后，作者假托曾游京师"市得古本《三国旧志》一册"，见"其书自赚徐母入都始"，多不同于相传的《演义》，"爰参酌而录传之，更名《反三国志》，以别《演义》"云云（见第一回）。接着叙述由于徐庶的推荐，刘备分别派关羽聘请诸葛亮、张飞聘请庞统来佐助。刘表之病危，刘备乃应召来领荆州牧，遂拥有荆襄八郡。在孙、刘联姻修好后，军师诸葛亮进计趁机取西川，爰调关羽守荆州，调张飞守襄阳，而刘备同诸葛亮举兵入蜀，直逼成都，迫使刘璋开门出迎。刘备自领益州牧，假号大将军。建安帝（即献帝）闻之，乃命宫监穆顺将传国玉玺送益州，谕刘备正大位。曹操因此杀伏完、穆顺等，遂代汉即帝位而称大魏。刘备于是授诸葛亮为左将军，以其为元帅，出兵讨曹，总摄东征诸军事。在平定汉中后，孔明令马超由陈仓故道直出雍鄜，进撼长安南面；令魏延出子午谷，径袭长安；又令关羽"次子"关索屯兵汉阴，与襄鄜各地互相策应。魏延夺取了长安，孔明又指挥诸将四出征战，西收关陇，北平赵代，东定河洛。汉军逼近许昌之际，魏皇曹操惊闻急变，宿疾复发，临终时遗嘱迁都以存国脉。太子曹丕爱走幽州，登帝位；再奔辽东，但为公孙渊所害。操五子任城王曹彰后来也率师退塞外，平匈奴诸部，称大魏天皇。其间，魏军主帅司马懿及诸将退屯东阿城，却被孔明用地雷火炮"葬身火窟"，而致使曹兵灰灭。诸葛亮深感"太为残忍"，在历城自责成为"屠伯"，悔恨交加，乃吐血而卒。孔明身后被封为琅琊王，归葬于南阳。汉中王即令徐庶继任元帅，总南征诸军。在汉军压境时，吴王孙权病逝，世子孙亮继位。孙亮无力抗击，遂与陆逊、诸葛瑾等浮海出奔，但至舟山遇风暴，乃投水而死。孙权侄孙英先前曾来番禺吊唁并巡视诸郡，至此便受番禺太守拥奉而渡海到婆罗洲，称为婆罗国王，以延先王之祀。平定魏吴以后，汉中王刘备在洛阳病卒，葬龙门山。因世子刘禅先前已在江陵驿被刺，王孙刘谌于是承袭而登基称帝，改元炎兴，以关羽为大司马、庞统为丞相。此书最后写曹彰在昭君墓前会见流落塞外的曹植，兄弟重逢，深感家亡国破，抱头痛哭而已。是书之作，"因取《三国志演义》而尽反之"（见吴佩孚序），"不教鼎峙有三分"（见叶德辉题词），作者乃"代造完成一统时局，以续《演义》，以正三国"（见《楔子》）。这部小说尽管俱然不顾历史上的真实性而只作一味想象的游戏文章，但是倒也在一定程度上反映出民国初年民众之渴求结束军阀混战而统一国家的和平愿望。

从明清到民国间所产生的这批后续小说之作，由最初的承袭三国以后故事而发展到直接推翻三国历史与《三国志演义》的成局，由假手于蜀汉君臣之裔孙剪灭西晋故事发展到蜀汉君臣直接灭魏吞吴而完成全国的统一。尽管所写小说的这些故事距离历史事实十分遥远，而且情节奇异、描写粗糙，但在总体的思想倾向上与《三国志演义》还是保持基本一致的。

第三，对其他诸多小说编撰之影响。

在中国小说史上，《三国志演义》对于明清以及近代章回小说的编撰与创作之影响至为深广。明末可观道人《新列国志叙》说："自罗贯中氏《三国志》一书以国史为通俗，汪洋百余回，为世所尚。嗣是效颦日众，因而有《夏书》《商书》《列国》《两汉》《唐书》《残唐》《南北宋》诸刻，其浩瀚几于正史分签并架。"至近代冯自由《革命逸史》还说晚清小说《洪秀全演义》，也是"效《三国演义》体编演而成"的。除了"效颦"仿作外，还有许多小说在人物形象、情节描写及至典实运用上，也都可以见到《三国志演义》影响的踪迹。

（一）从某些小说人物之形体外貌或学行举止的描写中，可以窥探到《三国志演义》形象的投影。

由于《演义》中心人物诸葛亮影响之所及，古近代小说中出现了一批运筹帷幄、排兵布阵的军师系列形象，如李靖（《隋史遗文》《隋唐演义》《说唐》）、徐茂公（《隋唐演义》《说唐》）、诸葛锦（《说岳全传》）、查讷（《禅真逸史》）、刘基（《英烈传》）、萧子世（《三门街》）、钱江（《洪秀全演义》）等等。至于《水浒传》的吴用形象则带有更多的诸葛亮印记。所叙梁山泊军师吴用，道号"加亮先生"。所谓"加亮"，即称诩他超过诸葛亮的意思。《演义》写诸葛亮羽扇纶巾，祭风时"身披道衣"；而明容与堂本《水浒传》吴用则"手中羽扇动天关，头上纶巾微岸"（第76回），一身"道装打扮"（第58回）。《演义》写诸葛亮善卜卦，而《水浒传》吴用也能看"卦象"（第68回）。《演义》写诸葛亮神机妙算，而《水浒传》则有《临江仙》词赞吴用"胸中藏战将，腹内隐雄兵。谋略敢欺诸葛亮，陈平岂敌才能，略施小计鬼神惊"（第14回）。日本京都大学藏明熊飞刊本《二刻英雄谱》之《水浒》甚至还写吴用幼学"诸葛典集""一字不忘"，自称其学传承于孔明。他在军中谈论兵法韬略时，对宋江等人说："诸葛孔明乃汉末第一人，才名贯世，有鬼神不测之机，呼风唤雨之能，只是后人少得见其传耳。吴某不才，幼学诸葛典集，朝夕诵读，一字不忘"（第98回）云云。山寨早期首领晁盖曾将之与孔明相比并夸赞其"不枉了称你做智多星，果然赛过诸葛亮"（第16回）。

《演义》其他人物的某些特征，也每每见于诸多小说之中。如关羽形象的影响，鲜明地显现于关大刀（《隋唐演义》）、美髯公朱仝和大刀关胜（《水浒传》）、关铃（《说岳全传》）、傅友德（《英烈传》）等人的描写。又如张飞的面影，则可从尉迟恭（《隋史遗文》等）、李逵（《水浒传》）、牛皋（《说岳全传》）、胡大海（《英烈传》）等形象中看到。

《演义》中某些人物还往往被取为绰号，也足见其在小说史上的影响力。

小诸葛：如《七侠五义》所写"小诸葛沈仲元"。叙北宋间暂且栖身于钱唐县霸王庄招贤馆的豪杰"小诸葛沈仲元"（第72回），是个"机谋百出"的人物。为了朝廷和百姓，又去襄阳王府潜伏。"仗着自己聪明，智略过人，他把事体看透，犹如掌上观文，仿佛逢场作戏，从游戏中生出侠义来"；沈仲元还"暗中调停，毫不露一点声色，随机应变，谲诈多端……他的这一番慧心灵机，真不愧'小诸葛'三字"（第100回）。按《龙图耳录》《三侠五义》也写"小诸葛沈仲元"，俱有类此文字。

又如《说岳全传》写"小诸葛陆登"。叙北宋潞安节度使陆登，"这位老爷，绰号小诸葛，手下有五千多兵，乃是宋朝名将"。金国军师哈迷蚩也还对四太子兀术说："这里节度使是陆登，绰号小诸葛，极善用兵的"（第15回）。

赛诸葛：如《粉妆楼》写"赛诸葛谢元"。叙登州鸡爪山上有条好汉，

"叫做赛诸葛谢元……颇有谋略，在山内拜为军师"（第 14 回）；又有诗赞他的行兵："仙机妙算惊神鬼，兵法精通似武侯。一阵交锋胜全敌，分明博望卧龙谋。"（第 29 回）

赛关爷（关羽）：如《说唐》写魏文通称"赛关爷"。叙隋潼关守将魏文通，"因他面貌似关爷，有赛关爷之称"（陈汝衡修订本第 26 回）。

病关索：如《水浒传》写"病关索杨雄"。叙梁山泊头领杨雄（曾任蓟州两院押狱），"因为他一身好武艺，面貌微黄，以此人都称他做病关索杨雄"，下有《临江仙》云"微黄面色细眉浓。人称病关索，好汉是杨雄"（第 44 回）。又梁山泊《赋》云："病关索枪法无双"（第 78 回）。而他从卢俊义敌童贯时，却使用的是朴刀。按此"病关索"，南宋龚圣与作《宋江三十六赞》称"赛关索杨雄：关索之雄，超之亦贤。能持义勇，自命何全"。

小张飞：如《英烈传》写张士德被称"小张飞"。叙元末吴王张士诚之弟，"那士德勇猛过人，雄冠千军，人号为小张飞，用得一条长枪，追风逐电"（第 21 回）。

赛张飞：如《说岳全传》写韩起凤的浑名"赛张飞"。叙韩起龙对岳雷说其弟起凤，"人见他生得面黑身高，江湖上起他一个浑名，叫做赛张飞"（第 63 回）。

小温侯（吕布）：如《水浒传》写"小温侯吕方"。叙梁山泊头领吕方自称"平昔爱学吕布为人，因此习学这枝方天画戟，人都唤小人做小温侯吕方"（第 35 回）。

又如《粉妆楼》写"小温侯李定"。叙镇江丹徒人李定（原湖广守备之子），"生得玉面朱唇，使一杆方天画戟，有万夫不当之勇，人起他个绰号叫做小温侯"（第 19 回）。

此外，还有直接以《演义》人物为其姓名的。如《说岳全传》写红罗山强人施全向岳飞介绍其结义兄弟"赵云"时说："这用刀的兄弟，唤做赵云"（第 15 回）。此赵云与施全等强人，后来俱做了岳家军将领。《三门街》写徐州甘家寨有山大王名叫"甘宁"的（第 18 回），此甘宁先后参与除逆、平蛮之役，因功被授官乃至总兵、将军。

（二）《演义》的某些重要故事情节，为诸多小说所借鉴、移植和改编。

例一，《演义》所叙关羽温酒斩华雄故事，《残唐五代演义传》移植改编为李存孝"留杯中酒"出营活擒飞虎山大将，"勒马回营，其时酒尚未寒"（第 11 回）。

例二，《演义》所叙火烧新野、白河放水故事，《说岳全传》移植改编作岳飞在青龙山伏兵发火炮火箭而烧得番兵番将自相践踏"各自逃生"，又在山溪上放水，"犹如半天中塌了天河"而淹得金兵"人随水滚""马逐波流"（第 23 回）。

例三，《演义》所叙草船借箭故事，《隋唐演义》移植为唐将张巡守雍邱缺箭而命作草人乘夜缒城乃引敌来射，"遂得箭无数"（第 94 回）。.

例四，《演义》所叙火烧赤壁故事，《英烈传》移植改写作军师刘基在鄱阳湖借风遣将火烧汉兵五十万而大破陈友谅（第 38—39 回）。

例五，《演义》所叙刘备与孙权在甘露寺剑砍"恨石"故事，《隋唐演义》移植改编作秦琼与尉迟恭互换兵器并力打石。按其书还接着指出，秦琼与尉迟恭此事，乃"实效三国时刘先主与吴大帝试剑砍石之法"（第 56 回）。

例六，《演义》所叙孙夫人随刘备回荆州而自挡吴将追截故事，《残唐五代史演义传》移植改作后唐公主（废帝从珂妹永宁公主）自挡追兵而奔三关（第 47 回）。

　　例七，《演义》所叙铜雀台曹将射箭夺袍故事，《残唐五代史演义传》移植改编作晋将试箭定先锋而李存孝三箭皆中乃得先锋战袍（第11回）。

　　例八，《演义》所叙甘宁百骑劫魏营故事，《残唐五代史演义传》移植改编作李存孝引十八骑夜劫王重荣寨"左冲右突""如入无人之境"（第29回）。又，《英烈传》写俞通海领十船闯汉（陈友谅）寨"直进直退"而势如"千军万马"，朱元璋亦以之与甘宁百骑劫曹营相并比（第36回）。

　　例九，《演义》所叙诸葛亮七擒孟获故事，《杨家府演义志传》则移植改编其节目作"六郎三擒孟良"，写杨六郎擒获草寇孟良而为"必服其心"乃再释之，于是孟良表示："将军天神也""愿倾心以事将军"（第二卷）。

　　例十，《演义》所叙孔明南征拜井乃得甘泉故事，《英烈传》移植改编作明将李文忠北征沙漠"三军一路烦渴，更无滴水可济"乃下拜遂得甘泉（第73回）。

　　在诸小说的叙事或对话中，还往往引《演义》事或以为典实，或以为熟语。故而读者每每可以看到："吕布杀丁建阳""虎牢关三战吕布""吕布辕门射戟""赤壁鏖兵""曹公赤壁横槊赋诗""华容道""怀了王莽、曹操肚肠""五马破曹""蔡阳斩首""樊城于禁亡""桃园结义三分鼎""蜀汉三英杰""刘先主赚吴夫人归汉之计""三顾诸葛"（又有"三请诸葛亮"）"博望烧屯""火烧新野""诸葛三分业""武侯八阵图""七星坛""七擒七纵""火烧藤甲军""诸葛亮祭泸水""结义胜关张""秉烛达旦""关云长单刀赴会""关云长刮骨疗毒""水淹七军""张翼德义释严颜""黄忠老将""黄忠杀下定军山""大胆姜维""顾曲周郎""周郎妙计安天下，赔了夫人又折兵""黄盖苦肉计""吕蒙英锐"等等，也足见《三国志演义》这部巨著影响的深入。

第二节 在后代舞台上的三国故事剧

从明清到现代，取材于《三国志演义》的故事剧不断地在全国城乡戏曲舞台上献演，使得"妇人孺子、牧竖贩夫，无不知"此书之其人其事（清顾家相《五余读书廛随笔》）。晚清觚庵也说，《三国志演义》一书"其风行数百年"之所以普及于社会者，除得力于毛氏之批评与书场的说唱外，很重要的原因就是"得力于梨园子弟，如《凤仪亭》《空城计》《定军山》《火烧连营》《七擒孟获》等著名之剧何止数千，袍笏登场，粉墨杂演，描写忠奸，足使当场数百十人同时感触而增记忆"（《觚庵漫笔》）。

第一，明杂剧与传奇中的三国故事戏。

明代三国戏(不计元明间)，有杂剧二十六种、现存六种，传奇二十九种、现存十一种（陈翔华《三国故事剧考略》）。其间现存较为重要的剧作，有朱有燉杂剧《关云长义勇辞金》、徐渭杂剧《狂鼓吏渔阳三弄》、汪道昆杂剧《陈思王悲生洛水》（即《洛水悲》，一作《洛神记》）、陈与郊杂剧《文姬入塞》（别作《蔡文姬》）、王济传奇《连环记》、无名氏传奇《古城记》、无名氏传奇《刘玄德三顾草庐记》、纪振伦传奇《武侯七胜记》、无名氏传奇《锦囊记》（别题《东吴记》）、邹玉卿传奇《青虹啸》（一名《檐头水》）等。

从这些剧作中，可以看到：

其一，在故事来源上，多取材于《演义》或与《演义》有关系。如传奇《草庐记》演诸葛亮、刘备故事，虽然杂取先前诸剧，但是除个别情节如"黄鹤楼"外，原本《演义》者居多。董康等《曲海总目提要》还指出：
此剧"如先主烧屯伪遁，夏侯惇为所败，未尝有曹仁复败于新野之事。……
又周瑜固尝有计欲留先主，而孙权不从，今以为求救于乔国老。凡此皆出
于《演义》无稽之谈"（卷三十四）。又考剧中有不少细节与文字描写，
乃见直接据《演义》而抄录或略加增删成的。例如此剧卷三所演周瑜"请"
诸葛亮造箭时的二人对话，几乎全抄《演义》之《诸葛亮计伏周瑜》。

其二，在人物描写上，对于正面典型形象并非一味神化，有时却饶有
世俗气味。如传奇《七胜记》演诸葛亮安居退五路兵及七纵七擒孟获事，
剧情大体与《演义》相近。既表现诸葛亮的"谈笑功勋定"（第三十四出
《孟获感德》），却又并不像从前那样过分神化，还每每加以调侃与戏谑。
此剧反复写诸葛亮这个人物"黄黄瘦瘦""貌犹儿戏"，其外貌形象显然
并不高大。祝融夫人甚至还嘲讽地对孟获说："大王，我觑他面黄肌瘦，
多因是个酒色之徒。大王将俺做个胭粉之计，献了卧龙，待俺到他跟前，
卖弄风情，将他迷了。那时，大王大事如反掌"（第十三出《夷臣献主》）。
诸葛亮所娶黄、糜两夫人，算命先生却背地骂为"淫妇"（第十二出《妻
妾问数》）。听事官从前线回来替他传话给两位夫人说："大屋高田要买，
金银宝贝要藏。若还藏得不好，归来定不行房"（第三十一出《幽闺患主》）。
他的相府把门官居然也敢于勒索"常例"钱（第四出《赵魏保驾》）。所
写这样人物的品格也当然是不会很高超的，诸如此类的戏谑与调侃，诚然
不无是些戏剧舞台上的插科打诨，却使之失去了《演义》中作为儒家的理
想贤相之光环。

其三，在创作意图上，不少编撰者通过剧作来抒发自己内心的幽愤，
并借以反映对现实的强烈不满情绪。如徐渭杂剧《渔阳三弄》演祢衡裸体

击鼓骂曹操，本事出范晔《后汉书》卷八十下《文士传》（《三国志》卷十裴松之注亦载此事）。按祢衡裸体击鼓与骂曹操原是发生在不同时间、场所的两件事，徐渭将之捏合在一起（《演义》已编撰于小说中）。《曲海总目提要》指出，《渔阳三弄》乃"是文长（徐渭）借正平（即祢衡）身后一骂，以发挥其抑郁不平之气"，又说"（徐）渭以此剧自寓，亦兼为卢、沈两人泄愤也"（卷五）。按卢即卢柟，沈即沈炼。其时，卢柟"好使酒骂座"而"系狱，破其家"几至于死（见《明史》本传）；沈炼上疏言大学士严嵩十罪而被谪佃塞外，炼与塞民"日相与詈嵩父子"，乃遭杀害（见《明史》本传）。由于徐渭此剧以"怒骂"权奸而表现人们的心声，明祁彪佳《远山堂剧品》赞之说："此千古快谈，吾不知其何以入妙？第觉纸上渊渊有金石声。"《渔阳三弄》对后代戏剧也甚有影响。至清道光间，吴金凤撰杂剧《快人心》而演岳云骂秦桧，乃效仿徐渭此剧（杨懋建《玉笋志》）。又，昆剧《骂曹》，亦实取于此本。

第二，清杂剧与传奇中的三国故事戏。

清代三国戏（这里不计近代京剧与地方戏），有杂剧十五种、现存十五种，传奇二十四种、现存十一种。其间现存较为重要的剧作，有郑瑜杂剧《鹦鹉洲》、来集之杂剧《阮步兵邻廦啼红》（又名《英雄泪》）、徐石麒杂剧《大转轮》、尤侗杂剧《吊琵琶》、南山逸史杂剧《中郎女》、边汝元杂剧《鞭督邮》、吴震生杂剧《世外欢》、唐英杂剧《笳骚》、杨潮观杂剧《诸葛亮夜祭泸江》（简名《忙牙姑》）、周乐清杂剧《丞相亮祚绵东汉》（简名《定中原》）、黄燮清杂剧《凌波影》，范希哲传奇《补天记》（又名《小江东》）、曹寅传奇《后琵琶》、周祥钰等传奇《鼎峙春秋》、夏纶传奇《南阳乐》、无名氏传奇《祭风台》、无名氏传奇《平蛮图》、无名氏传奇《西川图》、维庵居士传奇《三国志》等。

从这些戏剧中，可以看到：

其一，编演了巨型全景式的三国故事宫廷大戏《鼎峙春秋》。此剧是清庄恪亲王允禄（康熙第十六子）奉乾隆帝之命主持、审定，而其实则由周祥钰、邹金生等编纂的三国戏。据北京首都图书馆所存原北平孔德学校旧藏清内府钞本，共十本二百四十出。演蜀、魏、吴三国鼎峙故事，内容自桃园结义破黄巾起，至蜀汉后主宴庆诸葛亮南征凯归止。（今台北存前国立北平图书馆旧藏清内府传钞本，所演至曹操杀华佗止。）几乎覆盖了三国故事中的许多重要情节。《鼎峙春秋》这部戏多裁剪元明以来旧有的杂剧、传奇，并参考小说《三国志演义》而重新编成巨制的。例如刘备三顾诸葛亮故事，《鼎峙春秋》中的"一顾"故事（第四本第二十一出《知客来游山先往》），主要移植与改编自《草庐记》之第三折，但也汲取了《三国志演义》的某些素材。当其演至孔明退场时，剧中"孔明白"："一声长啸安天下，专待春雷惊梦回"。此出之宾白实不见明传奇《草庐记》，乃出于明本《三国志演义》之《刘玄德三顾茅庐》所写"后人单道卧龙居处"而赋的"古风"末二句。（按明嘉靖元年序刊本《三国志通俗演义》卷八此处作"专待春雷惊梦回，一声长啸分天下"，而题"李卓吾先生批评三国志"第三十七回作"专待春雷惊梦回，一声长啸安天下"。）不过，《鼎峙春秋》却将小说此原末二句加以颠倒，又将后人所赋"古风"改为"孔明白"。至于基本上出自《三国志演义》的《鼎峙春秋》"二顾""三顾"故事，也都又受元杂剧《博望烧屯》、明传奇《草庐记》的影响。

《鼎峙春秋》这部大戏奉敕编成后，自乾隆至道光二十九年（1849）约百年间，曾经多次在宫廷内上演过。尽管其编演的政治意图，在剧的开端已明确宣示："原本（指小说《三国志演义》）所传，颇多失实之处"，为"欲申惩劝"而"借场中傀儡"，"激浊扬清"，"要使普天下愚夫愚妇看了这本传奇，莫不革薄从忠，尊君亲上"（第一本第二出）。这部戏充斥着纲常意识，艺术表现也有失于粗疏之偏颇处。虽然如此，毕竟这部戏剧史上篇幅最长的三国戏，内容丰富而庞杂，也包含有多多之重要精彩情节，其中还保留不少民间所喜闻乐道的传说故事。再说统治者的重视和倡导，对于当时社会上的演剧活动也不能不产生重要影响。于是，有人又从中抽出若干片段重新编组成《三国志》《平蛮图》等戏。至于后来的京剧与其他地方戏的演出，也曾据《鼎峙春秋》移植改编成剧目并借鉴其舞台之艺术，而深受广大民众的热烈欢迎。这是戏曲史上的不争事实。

其二，涌现出反史实与《演义》旧局的三国故事剧。前代已有反案之作，至清初毛纶（毛宗岗父）曾设想"拟作雪恨传奇"以"补古来人事之缺陷"，其中题目有《丞相亮灭魏班师》《荀奉卿夫妻偕老》等（《第七才子书·总论》）。毛纶虽然只是蓄其意而未发，不过他的初想对后来还是有影响的。所见今存清代较早的反案剧作有夏纶传奇《南阳乐》二卷四十出。《南阳乐》撰者夏纶（1680—1753 后），字言丝，号惺斋居士，浙江钱塘（今杭州）人。十四岁应乡试，后来连举八次不及第。清乾隆元年应博学鸿词科，又有阻之者。遂归，"以吟咏自娱"。《南阳乐》之作，实因己"不偶于世"，乃承毛纶所拟题之意，遂改易"诸葛忠武讨贼未效，赍志军中"故事而为之（孙廷槐《南阳乐序》）。此传奇演诸葛亮卧病祁山而禳星乞寿，幸获华佗梦中送灵丹。之后，亮命马岱随同北地王刘谌夜劫街亭，擒杀守将司马师。司马懿乃用谋，既遣司马昭赴成都找黄皓施行反间计，又使东吴出兵夹攻。于是，诸葛亮遣魏延出子午谷而败杀司马昭，又令马岱出斜谷而俘获司马懿。一举攻破许昌，擒魏帝曹丕，乃令部属发掘曹操墓冢而开棺戮尸。其间，诸葛亮复令北地王伐吴，兵围石头城，迫使孙权投降。丞相亮在成都献俘于刘备灵前，乃将曹丕、司马懿正法，并对孙权处以监禁。至此，"吴魏荡平，车书一统"。诸葛亮遂归卧南阳而被喻为"岭上青松，云中白鹤"，其时后主刘禅也让位于"次子"刘谌。按夏纶此作尽反史实与小说《演义》情节而使颠之倒之，故其乾隆间叠翠书堂初刊本封面便径题此剧为"武侯补恨传奇"。壶天隐叟序《南阳乐》，说此"遂卧龙之愿而慰天下之心也"。清道光间梁廷枏《曲话》卷三还说，是剧"合三分为一统，尤称快笔。虽无中生有、一时游戏之言，而按之直道之公，有心人未有不拊掌呼快者"。这部传奇当时还曾在九江、海宁及吴下等地演出过。

至清道光间，周乐清又撰杂剧《丞相亮祚绵东汉》（简名《定中原》）。周乐清（1785—1860），字安榴，号文泉，别署炼情子，浙江海宁人。以父荫出任道州判官，后为知县、同知诸官三十余年。亦因毛纶所拟雪恨传奇之名目，而"假声山旧鼎，补炼五色云根"，以"补声山有志未逮"（《自序》）。所撰杂剧八种，总称《补天石传奇》。其第二种《丞相亮祚绵东汉》共四折：禳星、败懿、禅谌、归庐。演诸葛亮装病禳星，诱司马懿父子入葫芦谷而烧之，乃取邺灭魏；北地王刘谌继位，东吴请降，天下一统，亮遂重返南阳。按此杂剧亦出杜撰，翻历史旧局。剧情与旨趣，大体同夏纶《南阳乐》相近。

其三，还有某些三国故事剧既不出于正史也不出于《演义》，却与《演义》基本思想倾向有所异同。如吴震生（号可堂，别署玉勾词客）杂剧《世外欢》。所见清乾隆间吴氏原刊本《太平乐府玉勾十三种》，其第三剧《世外欢》

演襄阳贫士蔡瑁获巨商赵俨之助，游洛阳而载归名媛赵秾华（汉灵帝乳母赵娆之孙女）。瑁堂姊蔡夫人时为刘表继室，荐其"胸藏经济，可秉国钧"。但蔡瑁算刘表必"丧败"而辞征聘，乃入闽贸易，赘于漳泉陈氏家。曹操平荆州，蔡瑁闻而携陈氏归来。操念贫贱时之旧交，乃赠田八千顷。蔡瑁造蔡洲别业，名曰"快乐仙宫"，并与赵、陈二妻共享欢乐。其后，魏帝封瑁逍遥公。时有贵胄公子羊琇来游，蔡瑁遂纳之为婿。按《襄阳耆旧传》谓蔡瑁："性豪自喜，少为魏武所亲。刘琮之败，武帝（曹操）造其家，入瑁私室，呼其妻子"；瑁家在蔡洲上，"婢妾数百人，别业四五十处"（见卢弼《三国志集解》卷六引）。当为吴震生此剧所本。考史籍载蔡瑁本为刘表亲信，其少姊为表后妇；而剧中则写瑁拒刘表聘，又以蔡夫人为其堂姊。此剧写蔡瑁不求仕进甘老林泉，实乃剧作者自抒胸臆，而翻《三国志演义》旧局。至于剧中演蔡瑁娶赵、陈两妻，羊琇为瑁婿，曹操纳董卓女、吕布妻为其二姜等事，亦俱未见于正史《三国志》《后汉书》等记载，《三国志平话》《三国志演义》也都不写。此剧思想与贬曹的《演义》并不完全相同。

又有范希哲传奇《补天记》（一名《小江东》），演汉献帝之伏后被害，诉其冤于女娲，并嘱关羽等为之报仇。女娲乃使伏后睹曹操入地狱受鞭刑之苦，以彰果报。关羽受命后，大败曹仁、威镇华夏，于是祭奠伏后以报命。按此剧主要故事情节"多系捏造"（《曲海总目提要》卷四十二语），却对曹操更为痛恶。诸如此类的剧作还有一些，虽然其本事并非直接出自《演义》，但也是这部小说故事广传的流风所及而衍生之产物。

到清代后期以来，勃然兴盛的京剧和地方戏在舞台上竞相献演三国故事剧。其中尤以三庆班的连台本戏《三国志》最为人称道。此剧改编者卢胜奎（1822—1889），外号卢台子。"夙有戏癖"，乃"以仕为伶"，清道光后期便在京城加入负有盛誉的三庆班。他根据毛本《三国》并酌情参取明传奇《草庐记》以及清廷大戏《鼎峙春秋》等，编成《三国志》三十六本，自《马跳檀溪》至《取南郡》（一说共四十本，至《战长沙》止）。卢胜奎所编的这部史诗般的京剧巨构《三国志》，虽然没有创造新故事，但是十分成功地刻画了诸多人物性格，而且"词句关目，均有可观。虽他伶演之，亦能体贴入微，栩栩欲活"（徐珂《清稗类钞》卷七十九），便成为近代最著名的京剧表演团体三庆班的重要代表剧目（"三庆的轴子"）。三庆班年年演出，轰动京师，获得极大的成功。参加演出的艺术家们，也以各自所扮的舞台形象而被称颂。编剧卢胜奎本人因扮演剧中诸葛亮角色成功而被誉称为"活孔明"，班主程长庚被称为"活鲁肃"，徐小香被称为"活周瑜"，杨月楼被称为"活赵云"，刘赶三被称为"活蒋干"（此五人同列入"同光十三绝"）。著名京剧艺术家萧长华对三庆班演三国评道："古人简直给他们唱活了！戏简直给他们唱绝了！"（见狄梵《卢胜奎论》引）。按其他擅演三国人物的艺术家而被称颂者，还有"活曹操"黄润甫、"活关公"米喜子、"活张飞"钱宝峰、"活马超"夏奎章、"活黄忠"龙长胜等，以及名列于"同光十三绝"之一的谭鑫培（时称"伶界大王"，演京剧《定军山》《空城计》等剧目最为卓著）。现代善演三国戏的京剧演员也很多。至于近现代的地方戏所演三国故事者更是剧种繁多，剧目丰富，分布地域极其辽阔。城乡舞台上的大量演出活动，促使《三国志演义》的影响范围向着非常深广的方面扩展。

第三节 后代的三国说唱创作

小说《三国志演义》与说唱、戏曲等俗文学创作的关系至为密切。在作家写定《演义》以前，三国故事主要是在说唱等俗文学发展的历史长河中孕育成长的；而在作家写定以后，又反过来极大地推动说唱等俗文学的创作。这个时期以来，主要依据罗贯中及其后毛宗岗改定本移植或重新创作的三国说唱文学作品浩如烟海。《三国志演义》在中国文学史上所产生的这种巨大影响，是任何一部小说都难能与之相比较的。其间，当然也还有些说唱作品继续承袭了前代的传说而不同于《演义》。因此，研究明清以来的三国说唱文学，既可以从侧面来窥视《演义》在文学史上的地位，又是探索全部三国故事之流传和发展的一个重要方面。

第一，三国说唱文学创作的空前繁盛。

说唱三国作品分布的艺术门类广、数量多，还涌有一支专擅的艺术家队伍。其间可以看到三国故事说唱文学的创作所呈现的缤纷繁荣局面。

首先，三国故事遍及于说唱艺术各门类。如果将纷杂的说唱艺术形态，粗略地划出若干门类，今见三国故事的说唱作品乃广布于评话类、鼓词类、弹词类、道情类、琴书类、牌子曲类、时调小曲类、杂曲类、走唱类以及相声类、快板类等等诸方面。几乎所有的说唱文学形式中，都有直接或间接地取材于小说《演义》的故事创作，其分布范围十分宽广。

其次，三国说唱作品的篇幅长短不一。既有精赅隽永的小品，也有卷帙浩繁的巨构。流行于江浙的弹词开篇、流行于北京的岔曲等，俱是短篇的作品。所见时调小曲类的马头调、五更调、寄生草、山歌等，也都是些字数很少的作品。今录清嘉庆九年（1804）华广生编就的《白雪遗音》卷一所收马头调带把《三国志》一支（据清道光八年玉庆堂刊本，曲内加括号者原为小字）以见之。

> 三国出了些英雄将（盖世无双），桃园结义刘备关张（志气刚强）。他三人同请军师诸葛亮（来访卧龙岗）。赵子龙独挡曹兵千员将（全仗手中枪）。火烧战船，炮打襄阳（一片火光），好一个周公瑾活活气死在船头上（至死不肯降）。恨老天，既生瑜儿何生亮（孔明比我强）。

此曲只用短短的百字，对三国纷争的故事作了高度概括。尤其值得注意的是，曲词所唱的"炮打襄阳"、周瑜"至死不肯降"，都不见于小说《三国志演义》。又，此书同卷马头调带把《挡曹》一曲九十三字，叙关羽赴华容道狙击败走的曹操，他出场："大红彩旗，空中飘摇（遮定绿袍），上写着汉寿亭侯关某到（盖世英豪）。"寥寥数语极写关羽之气势壮夺山河。

　　长篇巨构的作品亦复不少。如素享盛名的扬州评话《三国》，由于篇幅过大，故分成三部分来演说，即分《前三国》（从《桃园结义》到《洪山灭寇》）、《中三国》（从《洪山灭寇》到《华容道》）、《后三国》（《华容道》以后故事）。《后三国》包括《取西川》到《九伐中原》七大段故事共二百万字，约当罗贯中原著《三国志演义》整本的近三倍。因分量太庞大，故很少有人能说完扬州评话的全部《三国》，仅闻民国初年费骏良历时八个多月之久才说过一遍。此外，鼓词、弹词、木鱼书、竹琴等也都有卷帙浩繁的《三国》长篇说唱作品，诸地又各有"长靠书""长解书""长条书""历史袍带书""墨书""底子书"等称谓。

再次，造就业有专精而深受民众欢迎的说唱三国故事的艺术家队伍。明末清初，已出现既擅长《水浒》也善于《三国》等小说的大说书家柳敬亭。清周容《春酒堂文集》记述他在常熟听柳敬亭说书，柳说"汉壮缪（即关羽）"等故事时，如见"剑戟刀槊，铿鼓起伏，髑髅模糊，跳掷绕座，四壁阴风旋不已。予发肃然指，几欲下拜，不见敬亭"（《杂忆七传柳敬亭》）。这里写柳敬亭的所说《三国》已入艺术之化境，听书人眼前仿佛只见历史上的关羽等形象，如闻其声，而当面的说书者柳氏本人却反为听众漠然无睹。到清代中叶，扬州评话盛极一时，出现了说《三国》的名家吴天绪、王景山等。清李斗《扬州画舫录》卷十一记"郡中称绝技者，吴天绪《三国志》"，又说此"吴天绪效张翼德据水断桥，先作欲叱咤之状，众倾耳听之，则惟张口努目，以手作势不出一声，而满室中如雷霆喧于耳矣"。而当时王景山又汲取戏曲的表演艺术，故有诗赞曰："《三国》名工王景山，炼就戏派学曹奸。"至清咸丰、同治间，"名江淮间"的杰出扬州评话家李国辉和蓝玉春，各自创作了《中三国》和《后三国》的书词，形成不同的艺术流派。李国辉原是落第秀才，后来从事说书。他研习小说《三国志演义》，据以自编书词，语多简洁，读来铿锵作声。李国辉所授学生八人，被称为清末民初扬州评话界"八骏马"。其中康国华最为杰出，又独树一帜而发展形成了康家《中三国》。按康国华表演风雅隽秀，还以所刻画诸葛亮形象而能使听众如见其人，故有"活孔明"之誉。蓝玉春《后三国》传至夏玉台，艺术上更达到完美的程度。清末民初，扬州评话说《三国》专业艺人六十多名，而当时有民谚称"《中三国》要听康国华的，《后三国》要听夏玉台的"。扬州评话界说《三国》的名家辈出，代不乏人。

此外，其他参与三国说唱故事的改编或创作的民间艺术家还有不少。例如苏州评话的何绶良、许文安、黄兆麟（号称"活关公"，一说称"活赵云"）、唐再良（被称"活刘备"）、范玉山（号称"活魏延"）、蒋宾初、张玉书等；苏州弹词的陈汉章、马如飞（开篇）等；山东大鼓的谢大玉、孙大玉、李大玉等；京韵大鼓的刘宝全（被誉为"鼓王"）、张小轩、白云鹏、白凤鸣等；东北评书的宋桐斌等；东北大鼓的陈菊仙、霍树棠、徐大玉等；东北二人转的徐小楼、胡景岐等；四川竹琴的吴玉堂、贾树三等；四川扬琴的李德才；粤曲的熊飞影等等。有的或者自编曲词，如常澍田编单弦曲目《诵赋激瑜》；或者修改文字，如王尊三改西河大鼓《借东风》；或者独擅胜场，如钟晓帆的四川评书；或以兼唱受誉，如乔清秀唱河南坠子小段《凤仪亭》。他们都为三国说唱文学的繁荣和发展作出了贡献。

第二，表现婚姻和家庭问题的新主题。

小说《三国志演义》原著所歌颂的，是铁马金戈中的斗智斗勇行为。其后，三国说唱作品的绝大多数仍然继续这方面的故事，尽管情节描写更加精细或者花样翻新而越来越离奇，极其炫人耳目，不过并未脱离《演义》的基本主题范畴。然而，这个时期的有些说唱创作乃突破将婚配行动继续作为政治斗争工具的旧题目，却大胆地去表现"才子佳人"式的男女爱情及其相关的婚姻家庭之故事，突出了新时代的新主题。

这里，先谈谈描写爱情、婚姻题材的故事。

所见长篇弹词《三国志玉玺传》二十卷，清乾隆初年抄本，郑州市图书馆藏（二十世纪五十年代末购自苏州）。此书虽也算是据罗贯中小说改编的，其实无异于新创作。书名所谓"三国志玉玺传"，即取《演义》之刘备其人，首尾贯穿他与山大王之女邢姣花的恋爱及两世姻缘，而"玉玺"

乃为刘备赠邢姣花之信物，"玉玺天叫重配合，成都王府共成亲"，故以
之为名。此书写了小说原著中所不曾有的许许多多故事，其中主要是：

（一）东汉末年十常侍之乱时，刘备起兵救驾，过长河而获传国玉玺。

（二）随后，刘备遇黑松林寨主邢彪（曾任汉灵帝值殿将军），邀之上山，
欲招为婿。而南山大王严言乃邢彪的结义兄弟，因曾任"巡抚"（即《演义》
中"督邮"）时遭到张飞鞭打，故移恨刘备而劝彪谋害之。邢女姣花闻变，
前来救助。刘备感之，乃赠玉玺，而姣花也誓以身相许。

（三）董卓杀邢彪、严言，而虏姣花入宫。姣花为免董卓"强恣"而
抱玉玺投井。之后，孙坚入宫掘井，埋姣花之尸而取去玉玺。

（四）刘备早年曾娶发妻李氏，但因贫贱而为李氏所弃，乃再娶甘英（即
甘夫人）为续弦。刘备在平原县又思念邢姣花，中秋夜梦入仙山与之相会。
时姣花已成"仙姬"，对刘备透露了"再续丝弦完宿盟"的消息。因她泄
漏"仙机语"，而且"奉敕仙童"又曾与她"一笑"，天帝遂罚姣花投生
为蜀将吴懿之妹，并罚仙童投生作刘瑁以娶吴氏一日而卒，"了其一笑姻
缘债"。吴氏故此承受十年"孤帏"之苦。

（五）刘备入川，进位汉中王，诸葛亮劝之娶吴懿妹为妃。刘备表示
吴氏"若是姣花重转世，情愿宫中娶此人"。于是诸葛亮做媒，吴懿夫妇
也劝妹再嫁，但吴氏不从，投梁自缢。刘备闻变，赶赴吴府，见其尚存脉息，
即令孔明用药，而且亲自伴守了七日。吴氏游仙府，感悟前因，遂与刘备
成亲，"以满山中一段因"。后来，刘备复得玉玺，即帝位，乃立吴氏为后，
终以"玉玺重逢再会姻"的喜剧结束。

在弹词《三国志玉玺传》中，不仅邢姣花这个人物完全是虚构的，而
她的两世姻缘以及所写的得玺、赠玺、失玺、团圆的格局，也都是按照明

代小说、戏曲中才子佳人恋爱故事的模式来谱写的。至于刘备则不同于小说中的"枭雄",而是一个多情好色的人物,正如诸葛亮所"暗笑刘王好色深"的那样。

其次,再谈谈三国说唱创作的家庭题材故事。

所见清同治十三年(1874)畅乐轩刊本《小乔自叹》,描写了战争给美好幸福的家庭带来灾难的悲剧故事。这个故事叙周瑜之妻小乔,名廷珍,乃乔弼女、吴王孙权的"朝阳掌印"娘娘大乔之妹。生有一男名宗监。周瑜奉命出征边庭三年,小乔在家日夜思念,"独坐香闺",不施"脂粉",从一个玉美人而变成了"冬天霜上草"。周瑜被诸葛亮"三气"后,亡魂回家托梦。他追忆往昔夫妇之情深:"菱花比玉容""同桌饮玉宴";表示以后"再不能月下与你理瑶琴","再不能水阁凉亭论古今",从此便失去了家庭生活的欢乐。周瑜亡魂只希望妻子抚子成人,为他报大仇。小乔梦中惊醒,即到花园祈祷神灵。这时,周瑜灵柩进府,小乔扶棺痛恸,"只哭得九曲黄河流溺水","百草无颜""群花失色"。小乔当即撞死于帅府白虎堂。大乔、孙权赶赴周府祭奠,并收养了三岁遗孤。姐姐大乔也时时饱含泪眼地深情思悼,"哭不尽的姐妹情"。此本《小乔自叹》通过妻子失去了丈夫、儿子失去了父母双亲、姐姐失去了妹妹的沉痛描写,从根本上否定了这场战争。而且,还借小乔恸哭周瑜之口,诉说:"早知你是无寿鬼,何不学当年田舍翁。东荡西除成何用,南征北剿一场空。"表现出强烈的反战情绪。这里必须指出,此曲所写的小乔夫妇及其故事既不同于历史,也异于小说《三国志演义》。如此之描写不过是凭借着《演义》中"三气"故事的躯壳而加以虚构和想象(或承袭前代的某些传说),用以曲折地反映战争给民众及其家庭带来巨大的不幸和痛苦,以及表达当时百姓对和平幸福生活的渴望和追求。

清同治间畅乐轩刊本《小乔自叹》所叙的这个家庭悲剧题材的故事传播颇广，还流行到东北及西南诸地的说唱场。今见东都石印局本东北大鼓书《周瑜托梦》和《小乔自叹》两种，是畅乐轩刊本故事的移植和改编，不过原本故事只是一篇，而东北大鼓书却一分为二，并在文字上有所删削和修改。流传于川渝地区，今见有宜宾县荣昌堂刊本《小乔哭夫》，民国间成都坊刊本《取西川》（一名《周瑜显魂》），民国间重庆坊刊本《新刻芦花荡》，以及四川清音《小乔哭夫》等。重庆坊本《芦花荡》情节与畅乐轩本又有所异同。《芦花荡》叙小乔撞棺后，周瑜老母也气急攻心，战争的后果是周瑜全家三口的死亡悲剧，比畅乐轩本更为惨烈。畅乐轩本把悲剧的原因笼统地归结为战争，而《芦花荡》还把批判的矛头直指这场战争的发动者吴王孙权。

"小乔自叹""小乔哭夫"之类的故事，早在元代初年已有石君宝杂剧《东吴小乔哭周瑜》，一直在民间流传。尽管故事没有被罗贯中写入小说《三国志演义》并与之也不存在直接的文字关联，然而故事发生的背景却还没有离开《演义》中孙刘争斗的框架范围。因此，随着《演义》影响的扩大，这类三国说唱文学作品仍然得到不断地传播和发展。

第三，重视人物形象的描写。

在说唱三国故事的创作中，所写人物数量很多。罗贯中笔下的重要人物，几乎都无一缺失，同时还根据情节发展的需要，又创造出不少新形象。其中对主要人物性格的致力刻画和对妇女形象的描写，尤可值得注意。

这里先谈谈对主要人物性格特征的精心刻画。明清时期的三国说唱创作中，不少作品在小说原著的基础上着意发掘人物的性格，在深度和广度上都有很多的发展。通过大量的细节描写，使之形象更加丰满，个性更加突出。今取扬州评话康派《中三国》所叙诸葛亮初用兵的故事为例以见之。

诸葛亮出茅庐的第一场严峻考验，是在新野面临曹军以压顶之势而来的进攻。当时，刘备、诸葛亮的兵力只有八千人，而夏侯惇拥曹兵十万三千，扬言"踏平新野城池，活捉刘备，生擒诸葛亮"，直奔而临于城下，情势十分危急。新野众寡，刘备手下又多未服诸葛亮。小说原著只写关羽、张飞二人不服，而评话《中三国》则除赵云一人外，全城上下俱对诸葛亮心生疑虑或不满。诸文武说他只"仗着嘴上的功夫"；张飞则咆哮辕门、大闹军师府；甚至曾经"三顾"请他出山的刘备也是外表尊敬有余，内心实乃怀疑他在说大话。评话中的诸葛亮正处在内外矛盾交集的风口浪尖，境遇比罗贯中小说所描写的要复杂而艰难得多。但是，评话《中三国》写他早已胸有成算，表现出比小说所写更加沉着应对和克敌的自信。正因为诸葛亮态度之如此冷静超越乎寻常，众人调侃之为麻木不仁，说他是"出娘胎就麻起"的人。小说原著写孔明发令，先遣诸将迎敌，最后附写一笔"命孙乾、简雍准备庆喜筵席，安排功劳簿伺候"，已表现出他筹划精熟，操定胜券。而评话《中三国》则在小说原著基础上，不仅增写孔明升堂，并用很多笔墨大写特写他非同一般的发令。诸葛亮乃反小说原著的发令次序而行，首先不是调兵遣将，而发头一支令叫简雍办功劳簿，第二支令叫孙乾办庆功酒席，这在众人看来，又是"正事不办"。连在身旁的刘备见如此部署，也是一会儿"眉头一皱"，一会儿"脸蹦着"。评话极写诸葛亮出人意料的异常之举，正是表现他具有"不费吹灰之力"以破敌的自信和才能是多么非同凡响，从而更深刻、更生动地显示他的性格特征。至于评话所增写的"戏飞"一节，描绘诸葛亮故意激化他同张飞的矛盾而形成尖锐的冲突，从中轻轻地玩弄这个最难驯服的张飞于股掌之间，进而表现出孔明形象的神姿风貌，韵味隽永。康派评话家描写"火烧博望坡"中的诸葛亮，其实是着重表现他通过计破夏侯惇而智伏张飞，以解决内部矛盾，巩固内部团结。其所描写形象的丰满和性格的深刻程度，都已超出了原著。

多角度、多侧面、多层次开掘人物性格特征，是明清时期三国说唱故事创作某些优秀作品的突出贡献。

再谈谈对妇女形象的描写。说唱故事的听众也有不少是女性，三国说唱作品的编撰者和表演者因而比较关切书词中的妇女命运。

貂蝉在说唱文学作品中，是花费笔墨最多而且也是众说纷纭的女性。除了长篇说唱外，子弟书、各种大鼓书、弹词开篇、贵州弹词、广东龙舟歌、台湾歌仔册、青海平弦、牌子曲和时调小曲等等，描写貂蝉的作品数量很不少。此间约略可见数端：其一，赞美貂蝉在除董卓斗争中"救国患"的"闺中豪杰"行为。清人马头调带把《张角作乱》一曲唱："好一个赤心貂蝉救国患，董贼染黄泉。"（清道光间刊本《白雪遗音》卷一）又，弹词开篇《貂蝉》唱："试看闺中豪杰女，英雄如此古无俦，赢得芳名青史留。"（《弹词开篇集》，上海文化出版社，1958年）。其二，描写貂蝉美丽、聪明而有才学。如青海平弦《连环计》写吕布眼中的貂蝉，貌美"沉鱼落雁"，如若"天仙"，又唱她的体态风韵："好似西施女采莲船头站，又好似王昭君去和北番"（刘镛章原藏本）。清抄本弹词《三国志玉玺传》赞她："习成歌舞人仙态，学就琴棋书画能。一通百达多机变，九流三教尽知闻"（卷二）。贵州弹词《小宴》写貂蝉与吕布谈恋爱时，却大讲《易经》和《诗经》。（《三国志玉玺传》卷二也写貂蝉与吕布谈及《易经》《诗经》，还说貂蝉"通《易经》"。）而东北大鼓书《关公盘道貂蝉对词》甚至具体地写貂蝉学识渊博，"善能据古又通今"，当关羽问儒道经典以及上古至汉初的史事和天文地理诸事，貂蝉也都一一对答如流，表现出很重的书卷气。这些当是士人所加的内容。其三，披露貂蝉的内心感情。貂蝉初时虽是被当作美人计的工具出场的，但她还是有自己内心的感情追求。《三国志玉玺传》卷二写在王允书房，当吕布向貂蝉求婚时，她乃表示自己的"专慕"，"奴身心许不移更"，不仅当即将吕布所赠的凤头簪插在自己头上，而且还亲解腰间的玉环送与吕布，"二人同在灯前拜，对月双双同订盟"，发誓要"两情永结"。东北大鼓书《凤仪亭》则写貂蝉向吕布诉说受董卓之凌辱，表现自己"满怀尽是相思苦"（东都石印局本）。在除掉董卓后，青海平弦《连环计》唱"貂蝉归与吕奉先，好一对青春美少年"，赞美他们的婚姻。其四，写貂蝉的悲剧命运。吕布在白门楼死后，貂蝉被关羽押入营中。弹词《三国志玉玺传》卷六写关羽唯恐被其美色所迷，便趁她转身而杀之。《玉玺传》感叹道："可惜美貌如花女，因为花容丧了身。"（按元明间已有杂剧《关大王月下斩貂蝉》。）东北大鼓书《关公盘道貂蝉对词》写关羽以貂蝉太美，本欲斩之，但见她才学超群，又苦苦哀求，遂送她到终南山玉霞观从悟真祖师修行，后来还得了道。总之，明清说唱文学创作中貂蝉这个青年女性形象，既以其迷人的"花容"而成为"救国患"的"闺中豪杰"，又以其"容颜美貌心灵慧"而最后成了悲剧性的人物。由此可见，说唱中的貂蝉形象，与《三国志演义》故事既有承袭又有不少发展。

说唱作品还创造出小说《三国志演义》所未曾有过的女性人物，关羽妻曹金定就是其中的一个。东北大鼓书《八里桥》《灞桥饯行》《古城相会》和《斩颜良诛文丑》等都唱关羽降曹后，曹操曾将女儿许配给他为妻。《八里桥》写关羽妻姓曹名金定，而诸本只说"奸相有个娥眉女，许配二爷结凤鸾"（见《古城相会》。按"娥眉"乃是美女的泛称，并不是具体的人名。）当关羽辞曹而去时，曹金定请求同行，但未见允，乃自刎而死。曹女嫁给关羽作妻子的时间，一作六个月（《灞桥饯行》："许配英豪六个月"），一作三年（《古城相会》写关羽唱："叫声我妻听我言，自从跟我三年正"）。曹金定在自刎前，还把其父曹操要用壶中药酒、袍里藏刀暗害的阴谋，告知了丈夫关羽。所以，诸本都赞曹金定是一个"贤良女"。《八里桥》还写关羽在"丹青画"上描着曹金定像，请求她"保佑我亭侯无灾难"。

此外，说唱文学作品还描写了诸葛亮妻黄金蝉、刘备妻糜绿筠和孙万金（或作孙彩鸾）、孙权妻大乔等等女性形象。如东北大鼓书《孔明招亲》将诸葛亮妻由本是出名的丑女改写成"温柔雅俊如天仙"的人物，写她能制作看门的木狗、推磨的木马、送茶的木头童子、干活的木头丫环，以及行动自如的木鹅、木鸡、木鸭、木羊、木牛和自行船。胶东大鼓书《孔明招亲》还写"黄氏雕刻木马三千整"，做了解粮官，"到后来六出祁山一场战，挡住了司马懿的兵万千"，这些描写当多取材于传说或作者的想象。

综前所见，小说《三国志演义》问世以来，不仅频频出现续书或反案之作，而且数百年间三国故事的弦索与说唱之声不时回荡于社里街巷。至于近现代，还被改编成电影、电视连续剧、动画片，以及连环画等等形式，不断地进行着更深更广的传播，其影响力真可谓经久而不衰。

第四节 在域外

随着文化交流的不断扩大，长篇小说《三国志演义》及至其三国传说故事除了在汉语言文化区域盛传以外，其影响还广布于中国少数民族地区，甚至远播于域外之诸多国家。这里主要谈谈《演义》等在域外的流传，必要时也当不可避免地兼及少数民族语言文化的活动。

早在公元三世纪，三国故事传说当已流播于远边"夷"寨及至其邻近的相同部落或部族。据晋常璩《华阳国志》卷四记载，诸葛亮定南中，"乃为夷作图谱……以赐夷。夷甚重之"。按今人刘琳《华阳国志校注》称，这里所说的"夷人"是"指羌族系统（藏缅语族）的一些部族、部落"。其后，西南少数民族由"夷甚重之"而因此流传诸葛亮及三国故事传说，随即也当传与相邻诸邦如缅甸的同部族之民众。故其隔境而居的边民，敬崇诸葛亮的习俗却亦多同。近代学者章太炎《思葛篇》说："云南缅甸俚人，皆截发以为三撮，中撮以表武侯，左右撮以表父母。每饮茶，必举杯至额，以示祭报。其能汉语者，至称武侯为诸葛老爹。"所谓"云南缅甸俚人"，虽然分域而居，但是族属一体，无怪乎习俗传说"皆"相类似。

小说《演义》问世以前，远在公元六世纪中叶的北周时期（557—581），三国历史故事及传说就已经传至东邻。唐令狐德棻等撰《周书》卷四十九《异域传上》记载：高丽"书籍有《五经》《三史》《三国志》《晋阳秋》"（唐李延寿撰《北史》卷九十四亦记：高丽"书有《五经》《三史》《三国志》《晋阳秋》"）。按《三国志》，晋陈寿撰、宋裴松之注；《晋阳秋》，晋孙盛撰；"三史"之《后汉书》，宋范晔撰。这些书籍俱记有三国时期的史事与传说，曾都为后来编撰小说《演义》所参考。又约在公元十四世纪中后叶（即中国元明间），对罗贯中的编撰小说影响至深的元刊民间讲史书《三国志平话》亦已传到朝鲜。高丽末期所编纂的《老乞大》记载其时购得的书籍，称"又买一部《毛诗》……《君臣故事》《资治通鉴》

《翰院新书》《标题小学》《贞观政要》《三国志平话》。这些货物都买了也"。朝鲜是时所购置的许多书籍中，就有《三国志平话》一种。

关于小说《三国志演义》文本在域外的流传、编译及对诸国文化及社会影响等事，下面只作简要的叙说以略见之。

第一，《三国志演义》原书的流传、收藏和重刊。

小说《演义》传至域外的初始时间，乃在明穆宗隆庆三年（1569）。据《朝鲜王朝实录》记载，李朝宣祖二年六月壬辰（阴历廿日）在文政殿时，文臣奇大升进言道及："顷日张弼武引见时，传教内'张飞一声走万军'之语，未见正史，闻在《三国志衍义》云。此书出来未久，小臣未见之，而或因朋辈间闻之，则其多妄诞。"按李朝宣祖二年即明隆庆三年，是时《演义》已传及朝鲜。其后不久，李朝文臣柳希春（1513—1577）《眉岩日记》载：癸酉年（1573，即明万历元年）正月十七日，"师傅朴光玉景瑗来访。余语及《三国志》，朴以丈祖徐同知祉藏有不秩者二十余册，当奉赠云"。又此日记当年同月二十一日载："师傅朴光玉送《三国志》二十册来。虽未备者十册，然亦感喜。"可见《三国志演义》一书已成为当时李朝士大夫间的谈论话题和馈赠品。

域外所藏的罗贯中《三国志演义》刊本，今尚存世的当推明叶逢春刊嘉靖二十七年（1548）序本为最早。此本端题"新刊通俗演义三国志史传"，十卷（存八卷），每半叶之上方加图，是《三国志演义》刊刻史上最早的图像本。藏西班牙马德里爱斯高里亚尔修道院。据西班牙驻里斯本大使胡安·德·博尔哈1573年11月26日给国王腓力佩二世的报告称：葡萄牙传教士格列高利奥·冈萨佩斯对东亚政策提出建言，并进献其在亚洲所购得的图书。按冈萨佩斯居住澳门十二年，曾在印度、中国、印度尼西亚、菲律宾等地传教，还出任过首任日本暨中国大主教的代理，后因与主教意见不合，于1572年返归里斯本。他结交博尔哈大使，献赠书籍以充实爱斯高里亚尔王宫所新设的图书馆馆藏。此《三国志史传》即为冈萨佩斯当时所献赠书籍之一种。可见西班牙入藏的时间在1573年，即明万历元年。其次，明万历二十年（1592）余象斗所刊《批评三国志传》这部现存最早公开张扬"批评"旗号的《演义》版刻，至1635年（明崇祯八年）便入藏于英国牛津大学图书馆（存卷十一至十二共二卷），又英国剑桥大学图书馆约在1642年（明崇祯十五年）前入藏此书二卷（存卷七至八）。按余象斗刊本还有入藏时间未详而残存于其他三处者：日本京都建仁寺（存卷一至八、卷十九至二十）、英国国家图书馆（存卷十九至二十）、德国斯图加特市符腾堡州立图书馆（存卷九至十）。这里所说的叶逢春刊本与余象斗刊本俱弥足珍贵，中土久已无存而仅藏于域外。此外，日本、美国、英国、法国、德国、丹麦、俄罗斯、韩国、越南等国家，也藏有《三国志演义》的其他多种明清原刊本或其残卷。

在韩国，今知见所藏朝鲜李朝时期的《三国志演义》重刊本三种：翻刻明万历间周曰校刊本《三国志传通俗演义》，铜活字印本《三国志通俗演义》（据明周曰校刊本）残存卷八，翻刻清毛宗岗评本（有图）。（按朝鲜重刊毛评本，中国国家图书馆也藏一部。）

第二，《三国志演义》的编译。

《三国志演义》文本之翻译，除了本章第一节所叙满文等译本外，还先后分别被编译成域外多种语言文字。以下择要介绍具有一定代表性的译作。

先说东方语文的重要译本。

在日本，公元 1689 年（日本东山天皇元禄二年己巳，即清康熙二十八年）日僧湖南文山编译日文本《通俗三国志》五十卷，是东方国家最早的译本，也是世界上第一部外国语文译本。按此《通俗三国志》先由京都天龙寺僧义辙译，未成而卒，其师弟月堂续成之。至元禄五年（1892）始有京都吉田三郎兵卫刊本，此后又有多种复刊本。是书曾风靡于日本，学者青木正儿说："《通俗三国志》一经出世，为嗜好军谈的国人所欢迎。讲中国历史的种种军谈，一霎时望风竞起"（《中国文学与日本文学》）。近现代来的日译本很多，其中重田贞一编译《三国志画传》（又名《演义三国志》，由歌川国安画）十编七十六卷（1830—1835 年出版），永井德邻译《通俗演义三国志》四十卷（1877 年出版），吉川英治写译《三国志》十四卷（1940 年起出版，后又多次再版，还被转译韩文），小川环树、金田纯一郎合译《三国志》十册（1953—1973 年出版，后又改译出新版），立间祥介译《三国志演义》二册（收入"中国古典文学全集"，1958 年出版）等，具有较大的影响。

在朝鲜，今知见 1859 年（朝鲜李朝哲宗己未，即清咸丰九年）有"己未孟夏红树洞新刊"本与"己未石桥新刊"本两种木刻节译本。是年又有"美洞新刊"本。所谓"新刊"云云，乃知此前当有译本刊行。（按 1703 年曾由满文本摘译成朝文。）据金东旭《中国故事与小说对朝鲜的影响》一文说：到十九世纪末，《三国志演义》在朝鲜"总共有近三十译本刊行于世"（《中国传统小说在亚洲》，国际文化出版公司，第 44—45 页）。现代有朴泰源译本《三国演义》一百二十回六册（1959 年朝鲜出版），金东成译本《三国志》一百二十回五册（1960 年汉城出版），金光洲《新译三国志》五册（1965 年汉城出版），朴钟和译本《三国志》五册（1967

年汉城出版，收入"中国古典文学丛书"）等。

在泰国，1802 年（清嘉庆七年）泰文本《三国志演义》译成，这是东方国家第二部由汉文直译之书。泰王朝以文名和政绩著称于时的杰出文官昭披耶帕康（福建人后裔，精通中文、泰文，曾任商务兼外交大臣）与另一名泰国作家共同译述定稿。译文流畅优美，深受读者欢迎。泰国文学会 1814 年将这部译述作品推为"最佳散文小说"，视之为汉译泰的典范，教育部也列为学校的历史教科书和作文范本。其后，又有披军通内编译《三国》两册（1963 年出版）。

在越南，有阮莲锋译本《三国志演义》（1907 年西贡初版），潘继炳译本《三国志演义》三卷一百二十回（1923 年河内初版，后又出再版和修订本），严春林译本《三国志演义》（1931—1933 年河内出版），洪越译本《三国演义》四卷一百二十回（1949 年出版）。此外，阮安居等合译本，也有一定影响。

亚洲其他国家也曾出版《三国志演义》的译作。如曾锦文（笔名耆抵彦东）的马来文译本《三国》三十三卷（1892—1896 年在新加坡出版，1932 年再版），是一部很有影响的马来文译本。此外，还有钱仁贵的马来文译本《三国》（1910—1913 年在巴达维亚出版）、李云英的马来文译本《三国》六十五册（1910—1912 年《新报》连载并出版）等。

再说西方诸语文的译本。

拉丁文翻译。十九世纪后期，晁德莅（一作佐托利）译有拉丁文《三国志》（选译小说《三国志演义》第 1—4 回、25 回、41 回、45—49 回、56 回），载入译者编著的《中国文化教程》第一卷，1879—1882 年在上海出版。按《中国文化教程》乃是拉丁文与中文对照的读本。至 1891 年，又为法人德·比西转译成法文本《三国志》在上海徐家汇出版。

英文翻译。英译本有：（1）约翰·斯蒂尔译英文单行本《舌战》，1905年（清光绪三十一年）在上海长老会出版社出版。此单行本译自《三国志演义》第四十三回，附有该回《诸葛亮舌战群儒，鲁子敬力排众议》汉字全文并注释。（2）邓罗（布鲁威特－泰勒）英译本《三国志演义》二卷，1925年在上海别发洋行出版。这是一部英文全译本，颇受人瞩目，后至1959年还分别在美国和日本东京再版重印。按邓罗此书八段译文被叶女士（爱德华兹）所编《龙》一书选入，1946年在伦敦出版；又其译文《深谋的计策与爱情的一幕》刊于《中国评论》第二十卷。（3）帕克（潘子延）译英文单行本《三国志：赤壁鏖兵》，1926年在上海商务印书馆出版。按此单行本共四篇：《刘备联合孙权》《刘备会周瑜》《孔明周瑜定立破敌之计》《借东风》，去年先曾在上海《中国科学美术集志》第三卷第5—8号分别刊载。（4）张慧文节译本《三国演义精华》，1972年在香港文心出版社出版。按此书取《演义》所写赤壁之战故事而译之。(5)莫斯·罗伯茨选译本《三国：中国的壮丽戏剧》，1976年在纽约出版。此书选取《三国志演义》中的桃园结义至空城计、死诸葛走生仲达等故事而编译。西方评论界一般认为，罗氏此本易于阅读，是较好的译本。此外，有重要影响的译作：如翟理思摘译《演义》中关羽故事而成《战神》（1848年与他的另一篇译文《宦官挟持皇帝》同时收入翟氏译著《古文选珍》一书，在上海别发洋行出版），其后翟氏又摘译华佗故事而成《华医生》（1900年收入翟氏《中国文学史》出版，按该书列为"世界文学简史"第十种）；司登得节译《孔明的一生》(1876—1880年在《中国评论》第5—8卷上连载)；卜舫济（霍克斯·波特）选译《三国选》（1902年载《亚东杂志》创刊号。

按卜氏此篇选译斩于吉、赵云救主与草船借箭故事）等。

　　法文翻译。法译本有：（1）法人泰奥多尔·帕维据中文原著并参考满文本译成法文本《三国志》（《三国的故事》）两册，1845 年（清道光二十五年）出第一册，1851 年出第二册（至前四十四回），在巴黎印行。是为西方国家较早的译本。（2）严全与路易·里克合译法文本《三国》四卷（至前六十回），经法国东方语言学院审定，并被列为"联合国代表著作集"之一，1960 年起在西贡印度支那学会出版。此外，有重要影响的译作：如斯塔尼斯拉斯·朱利安（汉名儒莲）节译《董卓之死》（1834 年载入巴黎出版的《赵氏孤儿》一书中，后又分别收入 1859 年巴黎出版的《印度与中国寓言故事集》和 1860 年《中国小说》两书）。又，巴赞节译《黄巾起义》（收入巴氏编译《现代中国》一书，1853 年在巴黎出版）。

　　德文翻译。德译本有弗郎茨·库恩据《演义》前三十八回译成德文本《三国志》二十章，1940 年在柏林出版。是书后又在魏玛出 1951 年版一卷本与 1953 年版二卷本（按弗郎茨·库恩的译文片断多则，曾在 1938—1939年《中国学》杂志上刊载）。此外，有重要影响的译作：如汉斯·鲁德尔斯贝尔格译《专权的董卓与美女貂蝉的故事》（1914 年载译者编《中国小说》一书，在莱比锡出版）；卫礼贤（一作尉礼贤）编译《战神》（关羽故事）和《火神》（糜竺故事）两文（1914 年载入译者编《中国神话故事集》出版，后又多次再版。按卫氏此书还曾被转译成英文）。

　　俄文翻译。俄译本有帕纳舒克译俄文《三国》全本两卷，1954 年在莫斯科出版，至 1984 年又据之出俄文删节本。此外，有较重要影响的译作，如什库勒金编译《借东风》《空城计》《诸葛亮之死》《关羽》《华佗之死》等十则三国故事，载俄文本《中国的传说》一书，1921 年在哈尔滨出版。

还有些欧洲国家从别国转译成本国的文字。如荷兰文本《桃园：编草鞋匠》，哥罗内据库恩德文本《三国志》转译而来，1943 年在乌德勒支出版。爱沙尼亚文译本《罗贯中：三国》上下两册，于尔纳据帕纳舒克的俄译本《三国》转译而来，1959 年在塔林出版。波兰文译本《三国志》三十章，娜塔利亚·比利据邓罗的英译本《三国志演义》节译而来，1972年在华沙出版。

今天，《三国志演义》及其故事已经传及世界诸国。

第三，对域外文化诸多方面的影响。

（一）小说与故事的改编和创作。

朝鲜、日本、泰国等国的小说创作，都曾受过《三国志演义》的哺育与影响。

朝鲜由于遭到 1592 年日本入侵的"壬辰倭乱"和 1636 年满族侵犯的"丙子胡乱"，举国激起义愤并渴望出现民族英雄，于是大大推进《三国志演义》的传播，从而促使其产生许多据以取材的改写本。其中如《赤壁大战》《大胆姜维实记》（选编），《华容道实记》《三国大战》《关云长实记》（部分改写），《山阳大战》《赵子龙传》（全面改作）等。至于如《黄夫人传》《五虎大将记》《梦决诸葛亮》等，乃是以三国人物为因由而重新撰写的故事。还有很多小说则从《演义》中汲取创作素材或者着意进行模仿。《玉楼梦》袭用《演义》情节和语言处非常多，其中第十一至十八回描写杨元帅在征服南蛮酋长哪咤过程中，随处可见因袭诸葛亮七擒孟获故事的踪迹。《九云梦》的描写也大量引录《演义》的情节，如说道："诸葛孔明乘舟越江东，以其三寸之舌，压倒周公瑾、鲁子敬，使众人开口不得"云云，乃出诸葛亮舌战群儒的故事。《玉丹春传》《兴夫传》《朴氏传》等俱有类似情形。朝鲜十六、七世纪兴起"军谈小说",韩国学者郑东国说:"韩国军谈小说中,如《林庆业传》《赵雄传》《苏大成传》《张国振传》等之布阵方法、军服、战术,都以《三国演义》为蓝本。"(见《三国演义对韩国古时调与小说之影响》)韩国著名学者朴晟义还明确指出,军谈小说乃属于《三国志演义》的"模作系列"。

在日本,江户末期的著名作家泷泽马琴(1767—1848)撰作"读本"小说《南柯梦》《南总里见八犬传》,也都受到《演义》的显著影响。日本学者麻生矶次在《中国文学对马琴作品的影响》一文中,罗列大量事实证明《八犬传》许多情节渊源于《演义》。如其中第一五三至一五五回脱胎于借东风故事,第一六一回脱胎于草船借箭故事等等。

在泰国,现代著名文学家克立·巴莫(曾任政府总理)也以三国故事为题材,而创作有《孟获》《终身丞相曹操》等小说。

(二)戏剧的编演。

罗贯中小说《三国志演义》以及中土舞台上的三国戏,对邻邦的戏剧编演活动有很大的影响。

在韩国:现存朝鲜李朝时期旧剧脚本一千余种,而其故事出自《三国志演义》的脚本约达三分之一以上(见朴晟义《韩国文学背景研究》第三章)。

在越南:十九世纪编刊的三国故事剧剧本,现见藏于英国博物院者就有《三顾茅庐》《当杨长板》(即当阳长坂坡)《华容道》《江右求婚传》《花烛传》《荆州赴会》《截江传》等九种(按李福清所知西贡、河内刊行三国故事剧二十一种)。二十世纪上半时期以前,三国故事已成为越南戏剧舞台上经常演出的内容。

在泰国和柬埔寨:泰国民间戏剧"字家",曾经常上演三国戏。1918

年贴巧（笔名）的歌剧《刘皇叔洞房续佳偶》与《柴桑口卧龙吊丧》出版。柬埔寨二十世纪二十年代，新型通俗戏剧"巴萨克戏剧"也演《三国》剧目。

近年来，日本还改编成木偶戏电视连续剧《三国志》六十八集（川本喜八郎设计、立间祥介撰词），曾在日本广播协会电视台播放。

（三）诗与歌辞。

在越南，《三国志演义》广泛流传以后，骚人墨客曾为之题诗作赋。十八世纪著名诗人吴时仕（1726—1780）曾为《演义》各回题诗作赞。如题《刘玄德三顾草庐》诗云："先生何为者，三来屈使君。纽天维地乎，匪是一呼人。"又作赞曰："南阳草庐，有龙高卧。致龙非诚，岂知龙者。山溪风雪，三至山庄。人如伊尹，聘必成汤。"他还为《诸葛亮智激孙权》《八阵图石伏陆逊》《诸葛亮六出祁山》等撰作诗赞，高度称颂诸葛亮才智。到十八世纪末，诗人吴时攸也撰写有《伏龙凤雏赋》。

在泰国，诗人曾以三国故事中的三气周瑜等为题材，赋诗吟诵。

在朝鲜，十八世纪前后流行的新诗体"时调"（有人或称"短歌""诗余""长短歌"等），其中吟及三国故事的作品为数甚多。如有咏刘备在汉中与曹操对阵的时调，吟道："汉宗室刘皇叔欲拿曹孟德，在汉中布阵，左青龙是关公，右白虎是张翼德，南朱雀是赵子龙，北玄武是马孟起；黄汉升身穿着黄甲金衣，头戴铁冠，手执七尺长剑，挥舞时，曹操十万兵，如何敢正视。还有神鬼谋士，卧龙先生。"（见郑东国《三国演义对韩国古时调与小说之影响》引）诗人还对诸葛亮功业未竟而表示无比的惋惜，吟道："五丈原，秋夜月，可怜诸葛武侯，竭忠辅国星将坠。至今两表忠言，仍使人无限感伤。"（见同前）此外，朝鲜的其他歌辞、俚语、杂歌、俗言中，也往往出现《演义》的人物和故事。

（四）其他。

取《三国志演义》故事为科考试题。朝鲜李朝肃宗时文臣金万重（1637—1692）《西浦漫笔》记载：《演义》在东国盛行，士子对"建安以后数十百年之事，举于此而取信焉。如桃园结义、五关斩将、六出祁山、星坛祭风之类，往往见引于前辈科文中，转相承袭，真赝杂糅"。还说："李彝仲为大提学，尝出'风雪访草庐二十韵排律'，以试湖堂诸学士。余谓令公：'何以《演义》出题乎？'李笑曰：'先主之三顾，实在冬日，其冒风雪，不言可知矣。'"其后，李瀷（1681—1763）《星湖僿说》也载：《演义》"在今印出广布，家户诵读。试场之中，举而为题，前后相续，不知愧耻，亦可以观世变矣"。在泰国，过去高等学校入学考试也曾据《演义》内容出为试题。

以《演义》故事作为工艺品等构画的创作题材。泰国曼谷的故宫（大皇宫）中，至今还完好地保存雕刻《演义》里"桃园三结义"故事的大理石屏风，屏风上的釉彩还绘有空城计、凤仪亭等故事。所见日本火柴盒贴，也印制有诸葛亮等三国故事人物形象的图像。

立庙祭祀卓著人物。三国人物在域外最早被立庙祭祀的是诸葛亮。宋代赵汝适在《诸蕃志》"蒲甘"（今缅甸）条中载："国有诸葛武侯庙"，缅甸此庙当据传说而为历史人物诸葛亮立的。至清代，黄协埙《锄经书舍零墨》卷二"武侯遗迹"条又说："陆次云：缅甸有孟获城，城中建武侯祠堂，相传武侯擒孟获于此……。"其实，诸葛亮南征并未到缅甸，后人种种传说当与三国故事之传播有关。而在朝鲜，也早已为诸葛亮立庙，至1695年（清康熙三十四年）还明令以岳飞配享诸葛亮庙。今在韩国首尔市木觅山上尚存"卧龙庙"可供祭拜。至于关羽庙，明清以来随着《演义》

的流传而在域外更多地方建立。1592 年（明万历二十年），朝鲜已在汉城建关圣庙（南关王庙），随后汉城又建东、北、中、西关王庙，外地也陆续开建安东武安王庙和星州等多处关王庙。1853 年（清咸丰三年），美国旧金山建成关帝庙。至十七世纪，日本、越南及东南亚诸国也都有关庙。

　　中国古代长篇历史小说《三国志演义》，受到世界诸国民众的热烈欢迎。日本学者大木靖等指出：在日本，"《三国志》最为人们所喜爱，拥有最广泛的读者"。韩国学者郑东国也说：这部小说的传入，"促使了韩人广为喜爱，如同在中国一样，也到了家喻户晓、妇孺皆能传诵的程度"。许多学者还发表文章并给予高度评价。俄罗斯科学院院士李福清说："在中国文学史上，《三国志演义》作者罗贯中担负起了创造中国民族史诗的历史使命。""罗贯中的著作正是位于中世纪东方最伟大的大师的著作之列。"（《三国演义与民间文学传统》）日本作家吉川英治还指出：《三国志演义》构思之雄伟，所写活动场面之广阔，"世界古典小说均无与伦比"（编译本自序）。法国学者克劳婷·苏尔梦也说：这部历史小说在故事可读性方面和文学趣味性方面，对各国读者（包括中国）来说，"其价值都比正史高得多"，"可能是中国对世界历史的一个无与伦比的贡献"（《中国传统小说在亚洲·总论》）。英国、法国、美国、前苏联、日本等许多国家的大百科全书，也都予以很高的评价。如法国《拉鲁斯大百科全书》说："在历史小说中，《三国志演义》是最著名的一部"；美国《新哥伦比亚大百科全书》说，《三国志演义》是描写英雄业绩的"一部早期的杰作"；英国《卡史斯顿大百科全书》则称之为史诗般的作品。近年来，澳大利亚、日本、俄罗斯、美国、韩国等国的学者还进行了比较深入的研究，发表了一些颇有价值的学术专著。

在域外，《三国志演义》不仅对过去时代曾经产生了重要影响，而且也引起处于剧烈竞争的现代社会诸界人士的广泛兴趣。近些年来，日本诸国企业家又从《演义》等书中，寻找事业成功的秘诀，而兴起中国智慧热、"三国热"。他们奉"三顾茅庐""鱼水关系""挥泪斩马谡"等为圭臬，作为寻求贤能、团聚内部与严明纪律之处世参考，还借鉴或汲取《演义》中的某些战略战术，以求通往胜利的道路。可见，罗贯中的这部小说在今天仍然能为现代社会提供有益的启示和智思。

参考文献

《后汉书》　（宋）范晔撰　（唐）李贤等注　中华书局 1965 年 5 月 1 版

《三国志》　（晋）陈寿撰　（宋）裴松之注　中华书局 1959 年 12 月 1 版

《三国志补注》　（清）杭世骏撰　《丛书集成》本　商务印书馆民国二十六年六月 1 版

《稿本三国志注补》　（清）赵一清撰　书目文献出版社 1991 年据北京图书馆藏手稿影印

《三国志集解》　卢弼著　中华书局 1982 年据古籍出版社排印本影印

《三国史话》　吕思勉著　《文化社丛书》本　开明书店民国三十三年四月 1 版

《晋书》　（唐）房玄龄等撰　中华书局 1974 年 11 月 1 版

《周书》　（唐）令狐德棻等撰　中华书局 1971 年 11 月 1 版

《隋书》　（唐）魏徵等撰　中华书局 1973 年 8 月 1 版

《宋史》　（元）脱脱等撰　中华书局 1977 年 11 月 1 版

《金史》　（元）脱脱等撰　中华书局 1975 年 7 月 1 版

《明史》　（清）张廷玉等撰　中华书局 1974 年 4 月 1 版

《资治通鉴》 （宋）司马光编著 （元）胡三省音注 中华书局 1956年 6 月 1 版

《国史旧闻》 陈登原著 第一分册 三联书店 1958 年 7 月 1 版 第三分册 中华书局 1980 年 2 月 1 版

《唐会要》 （宋）王溥撰 中华书局 1955 年 1 版

《华阳国志校注》 （晋）常璩撰 刘琳校注 巴蜀书社 1984 年 7 月 1 版

《东京梦华录》（外四种本） （宋）孟元老等撰 中华书局 1962 年 5 月新 1 版（内收宋耐得翁撰《都城纪胜》、宋佚名撰《西湖老人繁胜录》、宋吴自牧撰《梦粱录》、宋周密撰《武林旧事》）

《重编义勇武安王集》 （清）钱谦益辑 《北京图书馆古籍珍本丛刊》本 书目文献出版社据稿本影印

《金氏重修家谱》 清嘉庆二十年敬承堂重刊本 苏州市博物馆藏

《潭西书林余氏宗谱》 清同治十年重镌本 福建省南平市建阳书坊乡余氏后人藏

《娄关蒋氏本支录》 （清）蒋祖芬辑 中国国家图书馆藏稿本

《百川书志》 （明）高儒撰 古典文学出版社 1957 年 1 版

《古今书刻》 （明）周弘祖撰 古典文学出版社 1957 年 1 版

《中国善本书提要》 王重民撰 上海古籍出版社 1983 年 8 月 1 版

《续藏经第一辑》 上海商务印书馆民国十三年影印本

《搜神记》 （晋）干宝撰 汪绍楹校注 中华书局 1979 年 9 月 1 版

《拾遗记》 （晋）王嘉撰 梁萧绮录 齐治平校注 中华书局 1981 年 6 月 1 版

《神仙传》　（晋）葛洪撰　《说库》本　浙江古籍出版社 1986 年据民国四年文明书局石印本影印

《异苑》　（宋）刘敬叔撰　同上

《世说新语校笺》　徐震堮著　中华书局 1984 年 4 月 1 版

《明皇杂录》　（唐）郑处诲撰　中华书局 1984 年 1 版

《酉阳杂俎》　（唐）段成式撰　中华书局 1981 年 1 版

《东坡志林》　（宋）苏轼撰　王松龄点校　中华书局 1981 年 9 月 1 版

《因树屋书影》　（清）周亮工著　古典文学出版社 1957 年 8 月 1 版

《啸亭杂录》　（清）昭梿撰　何英芳点校　中华书局 1980 年 12 月 1 版

《太平广记》　（宋）李昉等编　中华书局 1961 年 9 月新 1 版

《容斋五笔类钞》　（宋）洪迈撰　（清）黄本骥诠次　（清）彭舒英校字　中华全国图书馆文献缩微复制中心 1997 年据湖北省图书馆藏稿本影印

《坚瓠集》　（清）褚人获撰　中华全国图书馆文献缩微复制中心 2002 年据吉林省图书馆藏清康熙间刊本影印

《说库》　王文濡辑　浙江古籍出版社 1986 年影印民国四年上海文明书局石印本

《笔记小说大观》　江苏广陵古籍刻印社 1983－1984 年影印上海进步书局石印本

《新编五代史平话》　程毅中、程有庆校点　《中国话本大系》之《宣和遗事》等两种本　江苏古籍出版社 1993 年 1 版

《三国志平话》　陈翔华校点　《元刻讲史平话集》本　北京图书馆出版社 1999 年 1 版

《三分事略》　同上

《三国志通俗演义》　（明）罗贯中著　人民文学出版社 1975 年影印

《三国志演义古版丛刊五种》　陈翔华主编　中华全国图书馆文献缩微复制中心 1995 年影印（内收汤宾尹校本《通俗三国志传》、乔山堂本《三国志传》、六卷本《三国志》等五种）

《三国志演义古版从刊续辑》　陈翔华主编　中华全国图书馆文献缩微复制中心 2005 年影印（内收西班牙藏叶逢春刊本《三国志史传》、上海残存早期刊本散叶、北平旧藏周曰校刊本《三国志通俗演义》、北平旧藏熊清波诚德堂刊本《三国志全传》、日本藏熊佛贵忠正堂刊本《三国志史传》、南京藏李卓吾评本《三国志》等七种）

《三国志演义古版汇集》　陈翔华主编　国家图书馆出版社 2009 年起陆续影印（已收入日本藏夏振宇刊本《三国志传通俗演义》、日英德藏余象斗刊本《批评三国志传》、美国藏朱鼎臣辑本《三国志史传》、北京藏黄正甫刊本《三国志传》等）

《二刻英雄谱》（精镌合刻三国水浒全传）　明熊飞雄飞馆刊本　日本同朋舍昭和五十五年据京都大学藏本影印

《四大奇书第一种》　清康熙十八年醉耕堂刊本　中国国家图书馆藏

《新刻续编三国志后传》　题酉阳野史编次　明万历三十七年刊本中国国家图书馆藏胶卷（国家图书馆原藏本）

《后三国石珠演义》　题梅溪遇安撰　清初耕书屋刊本　中国国家图书馆藏（郑振铎原藏本）

《新三国》　陆士谔撰　清宣统元年上海改良小说社石印本

《反三国志演义》　周大荒撰　河北人民出版社 1987 年 5 月 1 版

《隋唐演义》　（清）褚人获撰　上海古籍出版社 1981 年 1 月新 1 版

《说唐》　陈汝衡修订　中华书局 1959 年 11 月新 1 版

《绣像绘图粉妆楼》　内蒙古人民出版社 1985 年据清刊本校点

《残唐五代史演义传》　宝文堂书店 1983 年 5 月 1 版

《杨家府演义》　（明）无名氏撰　上海古籍出版社 1980 年据清嘉庆间重刊本排印

《水浒传》　（明）施耐庵、罗贯中著　人民文学出版社 1975 年据明万历间杭州容与堂刊本校点

《第五才子书施耐庵水浒传》　中华书局 1975 年据明崇祯十四年贯华堂刊本影印

《平妖传》　（明）罗贯中、冯梦龙著　上海古籍出版社 1981 年 5 月新 1 版

《七侠五义》　（清）石玉昆述　（清）俞樾重编　林山校订　宝文堂书店 1980 年 12 月 1 版

《说岳全传》　（清）钱彩等撰　上海古籍出版社 1979 年 6 月新 1 版

《英烈传》　赵景深、杜浩铭校注　上海古籍出版社 1981 年 1 月新 1 版

《三宝太监西洋记通俗演义》　（明）罗懋登著　陆树仑、竺少华校点　上海古籍出版社 1985 年 3 月 1 版

《三门街》　（清）无名氏编　浙江古籍出版社 1986 年 5 月 1 版

《洪秀全演义》　黄世仲著　王俊年校点　人民文学出版社 1984 年 1 月 1 版

《绣谷春容》　（明）赤心子汇辑　《中国话本大系》本　江苏古籍

出版社 1994 年 8 月 1 版

《鲁迅小说史大略》 《鲁迅研究丛书》本 陕西人民出版社 1981 年据最早油印本《小说史大略》排印

《中国小说史略》 鲁迅著 人民文学出版社 1958 年 4 月 1 版

《中国小说发达史》 谭正璧著 光明书局民国二十四年八月 1 版

《中国章回小说考证》 胡适著 大连实业印书馆 1943 年 1 月 1 版

《中国俗文学史》 郑振铎著 上海书店 1984 年据商务印书馆 1938 年版影印

《中国文学研究》 郑振铎著 作家出版社 1957 年版

《郑振铎古典文学论文集》 郑振铎著 上海古籍出版社 1884 年 1 月 1 版

《余嘉锡论学杂著》 中华书局 1963 年 1 月 1 版

《沧州集》 孙楷第著 中华书局 1965 年 12 月 1 版

《和风堂文集》 柳存仁著 《中华学术丛书》本 上海古籍出版社 1991 年 10 月版

《说书史话》 陈汝衡著 作家出版社 1958 年 2 月 1 版

《话本小说概论》 胡士莹著 中华书局 1980 年 5 月 1 版

《绍良丛稿》 周绍良著 齐鲁书社 1984 年 1 月 1 版

《平民文学之两大文豪》 谢无量著 《国学小丛书》本 商务印书馆民国十二年六月 1 版

《三国水浒与西游》 李辰冬著 大道出版社民国三十四年三月 1 版

《三国演义论证》 由云龙稿 1954 年 8 月上海钱氏油印本

《三国演义试论》 董每戡著 上海古典文学出版社 1956 年 8 月 1 版

《诸葛亮形象史研究》　陈翔华著　浙江古籍出版社 1990 年 12 月 1 版

《三国志演义纵论》　陈翔华著　《文史哲大系》本　文津出版社 2006 年 9 月 1 版

《中国小说美学》　叶朗著　《文艺美学丛书》本　北京大学出版社 1982 年 12 月 1 版

《毛宗岗小说批评研究》　李正学著　中国社会科学出版社 2010 年 2 月 1 版

《三国演义研究集》　四川省社会科学院出版社 1983 年 12 月 1 版

《〈三国演义〉与中国文化》　谭洛非、沈伯俊等编　巴蜀书社 1991 年 9 月 1 版

《三国志演义の世界》　〔韩〕金文京著　东方书店 1993 年 10 月 1 版

《三国演义与民间文学传统》　〔俄〕李福清著　《海外汉学丛书》本　上海古籍出版社 1997 年 7 月 1 版

《中国小说史料》　孔另镜编辑　中华书局 1959 年 6 月新 1 版

《三国演义资料汇编》　朱一玄、刘毓忱编　百花文艺出版社 1983 年 10 月 1 版

《三国演义版本考》　〔英〕魏安著　上海古籍出版社 1996 年 6 月 1 版

《三国志演义版本研究》　〔日〕中川谕著　上海古籍出版社 2010 年 8 月 1 版

《水浒研究》　何心著　上海古籍出版社 1985 年 1 版

《中国文化对日韩越的影响》　朱云影著　黎明文化事业公司 1982 年 4 月 1 版

《中国古典小说戏曲名著在国外》　王丽娜编著　学林出版社 1988

年 8 月 1 版

《中国传统小说在亚洲》 〔法〕克劳婷·苏尔梦编著 颜保等译
国际文化出版公司 1989 年 2 月 1 版

《韩国所见中国古代小说史料》 〔韩〕闵宽东、陈文新合著 武汉
大学出版社 2011 年 5 月 1 版

《中国通俗小说书目》 孙楷第著 作家出版社 1957 年 1 月 1 版

《日本东京所见中国小说书目》 孙楷第编 上杂出版社 1953 年 12
月 1 版

《伦敦所见中国小说书目提要》 柳存仁著 书目文献出版社 1982
年 12 月 1 版

《金圣叹选批唐诗》 浙江古籍出版社 1985 年 1 月 1 版

《新雕注胡曾咏史诗》 （唐）胡曾撰 陈盖注 《四部丛刊三编》
本 商务印书馆民国间据景宋钞本影印

《元曲选》 （明）臧晋叔编 中华书局 1989 年重排本

《元曲选外编》 隋树森编 中华书局 1959 年 9 月 1 版

《新校元刊杂剧三十种》 徐沁君校点 中华书局 1980 年 12 月 1 版

《元刊杂剧三十种新校》 宁希元校点 兰州大学出版社 1988 年 4
月 1 版

《孤本元明杂剧》 中国戏剧出版社 1958 年据商务印书馆旧纸型重版

《吟风阁杂剧》 （清）杨观潮著 胡士莹校注 上海古籍出版社
1983 年 9 月新 1 版

《世外欢》 （清）吴震生撰 《太平乐府玉勾十三种》之第三种
清乾隆间玉勾斜畔书屋原刊本 中国国家图书馆藏（其前曾为周越然、郑

振铎先后收藏）

《丞相亮祚绵东汉》（定中原）　（清）周乐清撰　《补天石传奇》（杂剧）第二种　清道光间静远草堂初刊本　中国国家图书馆藏

《宋元戏文辑佚》　钱南扬辑录　上海古典文学出版社 1956 年 12 月 1 版

《〈琵琶记〉资料汇编》　侯百朋编　书目文献出版社 1989 年 12 月 1 版

《古城记》　（明）无名氏撰　《古本戏曲丛刊初集》本　上海商务印书馆 1954 年据郑振铎原藏明刊本影印

《刘玄德三顾草庐记》　（明）无名氏撰　《古本戏曲丛刊初集》本　上海商务印书馆 1954 年据马廉原藏（现藏北京大学）明金陵富春堂刊本影印

《武侯七胜记》　（明）秦淮墨客（纪振伦）校　《古本戏曲丛刊二集》本　上海商务印书馆据明唐振吾本影印

《南阳乐》　（清）夏惺斋著　清乾隆间叠翠书堂刊本　中国国家图书馆藏（朱希祖原藏）

《鼎峙春秋》　（清）周祥钰等编　《古本戏曲丛刊九集》本　中华书局 1964 年 1 月据首都图书馆藏清内府钞本影印

《宋元戏曲史》　王国维著　《民国学术经典文库》本　东方出版社 1996 年据商务印书馆 1936 年版再版

《吴梅戏曲论文集》　王卫民编　中国戏剧出版社 1983 年 5 月 1 版

《中国戏曲发展史纲要》　周贻白著　上海古籍出版社 1979 年 10 月 1 版

《戏文概论》 钱南扬著 上海古籍出版社 1981 年 3 月 1 版

《中国古典戏曲论著集成》 中国戏曲研究院编 中国戏剧出版社 1959 年 1 版（内有《录鬼簿》《太和正音谱》《闲情偶寄》《也是园藏书古今杂剧目录》《今乐考证》等四十八种）

《曲海总目提要》 （清）董康等校订 大东书局民国十七年线装排印本

《古典戏曲存目汇考》 庄一拂编著 上海古籍出版社 1982 年 12 月 1 版

《全元散曲》 隋树森编 中华书局 1964 年 2 月 1 版

《明成化说唱词话丛刊》 文物出版社 1978 年 1 版

《三国志玉玺传》 童万周校点 中州古籍出版社 1986 年据郑州图书馆藏清乾隆间钞本排印

《白雪遗音》 （清）华广生辑 清道光八年玉庆堂刊本 中国国家图书馆藏（郑振铎原藏）

《小乔自叹》 （清）无名氏撰 古皖畅乐轩清同治十三年新镌本 中国国家图书馆藏

《北平俗曲略》 李家瑞编著 中央研究院历史语言研究所 1933 年印行

《中国大百科全书·戏曲曲艺》 中国大百科全书出版社 1983 年 8 月 1 版

《曲艺论丛》 傅惜华著 上海文艺联合出版社 1954 年 4 月 1 版

《曲艺丛谈》 赵景深著 中国曲艺出版社 1982 年 12 月 1 版

《苏州评弹旧闻钞》 周良编著 江苏人民出版社 1983 年 1 月 1 版

后 记

四移岁时，终以垂暮之衰躯，了此撰述事。

在写作某些章节时，曾参考拙著《诸葛亮形象史研究》与《三国志演义纵论》等，尚祈方家察鉴。

结撰之际，尤其感谢福建师范大学刘海燕教授的助益。海燕教授曾参与写作提纲的商议，并提交一些初稿文字，到欧洲教课后还不时关注撰作情况。但是她一直表示不肯参与联署。海燕的精神举止难能可贵。对她的热忱帮助，在此敬致深挚的谢意。

陈翔华 2017 年仲冬月之杪于燕都望京东园

《中国珍贵典籍史话丛书》已出版书目

序号	书名	著者	定价	出版时间	条码
1	打开西夏文字之门	聂鸿音　著	48.00	2014 年 7 月	ISBN 978-7-5013-5276-0
2	《文苑英华》史话	李致忠　著	52.00	2014 年 9 月	ISBN 978-7-5013-5273-9
3	敦煌遗珍	林世田 杨学勇 刘　波　著	58.00	2014 年 9 月	ISBN 978-7-5013-5274-6
4	康熙朝《皇舆全览图》	白鸿叶 李孝聪　著	45.00	2014 年 9 月	ISBN 978-7-5013-5351-4
5	慷慨悲壮的江湖传奇	张国风　著	52.00	2014 年 10 月	ISBN 978-7-5013-5442-9
6	《太平广记》史话	张国风　著	48.00	2015 年 1 月	ISBN 978-7-5013-5484-9

7	《永乐大典》史话	张忱石　著	48.00	2015 年 1 月	ISBN 978-7-5013-5493-1
8	《玉台新咏》史话	刘跃进　原著 马燕鑫　订补	53.00	2015 年 1 月	ISBN 978-7-5013-5530-3
9	《史记》史话	张大可　著	52.00	2015 年 6 月	ISBN 978-7-5013-5587-7
10	西夏文珍贵典籍史话	史金波　著	55.00	2015 年 9 月	ISBN 978-7-5013-5647-8
11	《金刚经》史话	全根先 林世田　著	38.00	2016 年 6 月	ISBN 978-7-5013-5803-8
12	《太平御览》史话	周生杰　著	45.00	2016 年 10 月	ISBN 978-7-5013-5874-8
13	春秋左传史话	赵伯雄　著	45.00	2016 年 11 月	ISBN 978-7-5013-5880-9
14	《尔雅》史话	王世伟　著	38.00	2016 年 12 月	ISBN 978-7-5013-5938-7
15	《广舆图》史话	成一农　著	48.00	2017 年 1 月	ISBN 978-7-5013-5990-5

16	《齐民要术》史话	缪启愉 缪桂龙　著	45.00	2017 年 4 月	ISBN 978-7-5013-5978-3
17	《淳化阁帖》史话	何碧琪　著	55.00	2017 年 4 月	ISBN 978-7-5013-6055-0
18	《四库全书总目》： 前世与今生	周积明 朱仁天　著	58.00	2017 年 12 月	ISBN 978-7-5013-5926-4
19	《福建舆图》史话	白鸿叶 成二丽　著	40.00	2017 年 12 月	ISBN 978-7-5013-5979-0
20	《孙子兵法》史话	熊剑平　著	50.00	2018 年 1 月	ISBN 978-7-5013-6312-4
21	《诗经》史话	马银琴 胡　霖　著	50.00	2019 年 4 月	ISBN 978-7-5013-6691-0
22	《夷坚志》史话	许逸民　著	24.00	2019 年 4 月	ISBN 978-7-5013-6687-3
23	《唐女郎鱼玄机诗》 史话	张　波　著	62.00	2019 年 4 月	ISBN 978-7-5013-6663-7
24	《吕氏春秋》史话	张双棣　著	40.00	2019 年 5 月	ISBN 978-7-5013-6685-9

| 25 | 《周礼》史话 | 彭 林 著 | 55.00 | 2019 年 6 月 | ISBN 978-7-5013-6684-2 |
| 26 | 《兰亭序》史话 | 毛万宝 著 | 52.00 | 2019 年 6 月 | ISBN 978-7-5013-6666-8 |

国家图书馆出版社简介

国家图书馆出版社 1979 年成立，原名"书目文献出版社"，1996 年更名为"北京图书馆出版社"，2008 年改为现名。

本社是文化和旅游部主管、国家图书馆主办的中央级出版社。2009 年 8 月新闻出版总署首次经营性图书出版单位等级评估定为一级出版社，并授予"全国百佳图书出版单位"称号。2014 年被全国哲学社会科学规划办公室评定为"国家社科基金后期资助项目推荐申报出版机构"。

建社四十年来，形成了两大专业出版特色：一是整理影印各种稀见历史文献；二是编辑出版图书馆学和信息管理科学著译作，出版各种书目索引等中文工具书。此外还编辑出版各种文史著作和传统文化普及读物。